海の子どもとゴチヤマゼクトン

文・木村桂子
絵・小池りとな

JN155297

鳥影社

海の子どもとゴチャマゼクトン　目次

海の子どもとゴチャ マゼクトン

ふしぎな人たちメロウ

遠い海の向《む》こうには、「メロウ」の住《す》んでいる島《しま》じまがあります。

「メロウ」は、おしりにシッポを持《も》っていて、泳《およ》いだりもぐったり、シャチやイルカのように、海の中を自由《じゆう》に動《うご》きまわることのできる、ふしぎな海の人たちです。水の中で息《いき》のできる「アクアラング」や潜水服《せんすいふく》がなくても平気《へいき》。

それは魔法《まほう》の力のあるメロウ帽《ぼう》のおかげで、赤い三角《さんかく》のメロウ帽さえかぶれば、海の中でも息ができるのです。

クー・メロウは男の子。ナップ島《とう》に生まれた海の子どもでした。

お父さんは、魚や海草を売る「メロウ海洋《かいよう》会社」で働《はたら》いています。お母さんはお医者《いしゃ》さんです。

クーが十一才《さい》の時、お父さんは海洋会社の出張所《しゅちょうじょ》へ移《うつ》ることになりました。お母さんは、病院《びょういん》に代《か》わりのお医者さんが来るまで、ナップ島を出ることができません。妹のペッペは、お母さんといっしょに残《のこ》ることになりました。でもクーは、お父さんの大きなカヌーに乗《の》って外海を航海《こうかい》してみたかったので、お父さんについていくことにしました。

よく晴れた夏の朝、お父さんのカヌー「クラ号《ごう》」が海にすべり出しました。タツノコ島《じま》、それはいったいどんな島なのでしょう？

1　さびしい島

見渡《みわた》すかぎり、海、海、海、海です。お日さまがジリジリと照《て》りつけます。ねむくなる目をこすりこすり、行き先の水平線《すいへいせん》を見ていると、白い雲がポッとわいていました。雲は動《うご》きません。それなら島の上にわく雲です。クーの目がパッチリ開《ひら》きました。

「パパ、島だよ！」

1　さびしい島

クーが大きな声を出すと、お父さんが帆《ほ》をおろしました。

「クー、こぐぞ！」

島《しま》にあたって帰ってくる「もどり波《なみ》」が、カヌーをゆすります。島のまわりのサンゴ礁《しょう》に、白い波がたっています。なんてきれいな島でしょう。うすむらさきの山のまわりにみどりの森が広がって、まるで竜《りゅう》が寝《ね》そべっているみたいです。波の間を通って、小さな入り江《え》に入りました。港《みなと》が見えます。イカリを投《な》げいれてから、お父さんが言いました。

「ここで、ちょっと待《ま》っておいで。島を調《しら》べてくるから」

お父さんが海に飛《と》びこみました。かぶった赤いメロウ帽《ぼう》が見えなくなって、しばらくするともう、お父さんは港《みなと》のさん橋《ばし》によじのぼっています。さん橋の向《む》こうには、白い二階建《かいだ》ての建物《たてもの》がひとつと、そのとなりにヤシの葉《は》で屋根《やね》をふいた家が二けん。他《ほか》には何もありません。港の右も左も崖《がけ》がつづいていて、森が広がっています。お父さんは、白い二階建ての建物に入っていきました。クーは思いました。

(きれいだけど、何だかさびしい所《ところ》だな。テレビ、あるかな？ ここはタツノコ島《じま》じゃないよね。タツノコ島は、もっとにぎやかな所にきまってる。だってパパの会社の出張所《しゅっちょうじょ》のある島だもの)

カヌーの上でひなたぼっこをしながら、クーは長い間待《ま》っていました。島の真《ま》ん中にそびえている山のてっぺんは、さっき海から見えた雲でかくれています。お日さまが少しかたむきました。でもお父さんはいっこうに帰ってきません。クーは退屈《たいくつ》して、水遊《あそ》びをすることにしました。「ザブン！」と飛びこむと、焼《や》けたからだが冷《ひ》えていい気持《きも》ち。

「どんな魚がいるのかな？」

1　さびしい島

　ぐんぐんもぐっていってキョロキョロしましたが、ふしぎなことに魚に会いません。サンゴ礁《しょう》ならどこにでもいる、チョウチョウウオやスズメダイの群《む》れもいないのです。あちこち泳《およ》いでいっても、海の底《そこ》はなぜか静《しず》かです。黄色や赤の海草もなく、死《し》んだサンゴが白くつづいています。

「ピーッ」と笛《ふえ》のような息《いき》をはいて海の上に出ると、港《みなと》のさん橋《ばし》がすぐそばです。クーはさん橋の杭《くい》に手をかけて、「ザアーッ」と海から上がりました。パイナップルが山とつんであって、お父さんの会社の名前の入ったシールがはってあります。

「メロウ海洋《かいよう》会社・タツノコ島出張所《じましゅっちょうじょ》……。やっぱり、ここがタツノコ島？　こんなさびしい島が？」

　少しガッカリしていると、パイナップルの山の後ろからだれかが顔を出しました。頭のてっぺんがツルツルの男の子です。男の子が鼻《はな》をヒクヒクさせました。

「こんにちは。君《きみ》、いいにおいがするね。魚のにおい。ぼく、魚大好《だいす》きなんだ」

　男の子のとがった口からよだれが出て、白くて長い歯《は》がたくさん見えたので、クーはあわてて言いました。

「シッポはあるけど、ぼく、魚じゃないよ。海のメロウなんだ。君《きみ》、メロウを知らないの？」

すると、男の子はガッカリしたように言いました。

「なんだ、メロウの子か。出張所《しゅっちょうじょ》のマナナン所長《しょちょう》の仲間《なかま》だね。だから足があるんだ。メロウじゃ食べられないや」
男の子はクルリと背《せ》をむけて、浜《はま》のほうへもどろうとしました。手にパイナップルの実《み》をかかえています。クーが呼《よ》びとめました。
「君、ここの子？　どうしてパイナップルを持《も》っていくの？　それ、うちのパパの会社のマークが入っているよ。だまって持っていくと、しかられるよ」
男の子はふりかえってニヤッとわら

いました。

「これ、返《かえ》してほしい？　だったら、ぼくに魚取《と》ってくれる？　ぼく、川で泳《およ》ぐのとくいだけど、海の水はきらいなんだ」

「海の魚、どうするの？」

クーがたずねると、男の子はまじめな顔をして答えました。

「夜のご飯《はん》にするの。もう二日も……」

へんじのとちゅうで、男の子がにげだしました。白い二階建《かいだ》ての建物《たてもの》から、クーのお父さんが出てきたのです。クーはあわててたずねました。

「君《きみ》、名前は？」

村はずれのマングローブの森に飛《と》びこみながら、男の子が言いました。

「ぼく、ガタロウ。返すから、海の魚取ってね。やくそくだよ！」

浜《はま》の砂《すな》の上に、男の子はパイナップルをすてました。お父さんにつづいて、建物から出て来たおじさんが見つけて、大声でどなりました。

「また、イタズラしたな！　こんどやったら、オヤジに言いつけるぞ！」

その晩《ばん》、ヤシの葉《は》の屋根《やね》の下で、クーはベッドに入りました。開《あ》けはなした

窓《まど》から暗《くら》い海が見えます。細《こま》かな砂《すな》をまいたような、天の川が屋根《やね》すれすれにかがやき、やがて月が東の岬《みさき》から顔を出しました。

月の光が海を照《て》らすと、はるか南の水平線《すいへいせん》から一本の銀《ぎん》の道ができて、浜《はま》まで届《とど》いて見えます。クーはお母さんと妹のペッペを思い出しました。

この銀の道は、お母さんとペッペのいるナップ島《とう》までつづいているかな？　お母さんの仕事《しごと》、まだ終《お》わらないかな？　早く来ればいいのに……。そんなことを考えているうちに、クーは眠《ねむ》ってしま

1　さびしい島

ったのです。お母さんとペッペのいるナップ島の夢《ゆめ》を見ました。ジュゴンのエラと遊《あそ》ぶ夢でした。

あくる日、波《なみ》のうちよせるほがらかな音で、クーは目がさめました。となりのベッドはからっぽです。

「パパ？……」

お父さんをさがして外へ出ると、もうお日さまは頭の上にありました。きのう見たのと同じで、今日も港《みなと》に人影《ひとかげ》がありません。ヤシの葉《は》の屋根《やね》の家にはテレビもなかったし、学校も郵便局《ゆうびんきょく》も、お店屋さんもありません。クーはまたガッカリして、となりの二階建《かいだ》ての建物《たてもの》に行きました。メロウ海洋《かいよう》会社「タツノコ島出張所《じましゅっちょうじょ》」です。中にはメガネをかけたおじさんがいて、クーに言いました。

「やっとおめざめかね。何をポカンとしておるんだね？　わしだよ。所長《しょちょう》のマナナンだ」

おじさんがメガネをとったので、やっとクーにもわかりました。きのう、ガタロウがにげていったあと、パイナップルのカレーをごちそうしてくれたマナナンさんでした。イカスミのペーストをぬった海草パンを、マナナンさんはク

ーに食べさせてくれました。
「君《きみ》のパパは、サンゴ礁《しょう》の海を調《しら》べていると
ころだ。いやはや、仕事熱心《しごとねっしん》なパパだね」
クーは口をまっ黒にしながらパンを食べ
て、ゆうべのカレーの残《のこ》りまでさらったあと、
マナナンさんにたずねました。
「マナナンさん、この島《しま》には、他《ほか》にだれも住《す》
んでいないの？」
するとマナナンさんは少し悲《かな》しそうに言い
ました。
「今ここにいるのは、わしらとガタロウの親
子だけさ。昔《むかし》は、こうじゃなかったんだよ。
この西うらには銀行《ぎんこう》も映画館《えいがかん》も、レストラン
もあったのさ」
「学校も？」

1　さびしい島

「もちろん、そうだ。わしが結婚《けっこん》したての時には、子どもが三百人もいて、先生だけでも二十人はいたな。ドンドン山の発電所《はつでんしょ》から来る電気で、夜も明るかった」

「なぜ、今はいないの？」

クーがたずねると、マナナンさんは首をかしげました。

「よくわからんなあ。だけど、島《しま》のまわりに魚がいなくなった。それだけじゃない。前はあちこちに送《おく》っていた貝や海草も取《と》れなくなった。食べるものも仕《し》事《ごと》もなくなって、わしの子どもたちもよそへ行ってしまったんだ。この出張《しゅっちょう》所《じょ》がまだあるのは、島のパイナップル園からパイナップルを送りだすためだけさ。海に住んでいるメロウが魚を取《と》らないのだから、山のメロウとでも言うのかな」

夕方にお父さんが帰ってきたので、クーはたずねました。

「この島には、魚がいないんだって。パパは何を調《しら》べているの？」

するとお父さんはニッコリわらいました。

「サンゴ礁《しょう》がどうなっているか、調《しら》べているんだ。昔《むかし》のように、魚の住む島にするのが、パパの仕事《しごと》さ。魚のエサになるエビやカニをふやして、海の底《そこ》に牧《ぼく》場《じょう》をこしらえるんだ。まず、海草を植《う》えてね」

「ぼくも手つだう！」

クーが喜《よろこ》んで言うと、マナナンさんがあきれたように言いました。

「あんまり、はりきらないほうがいいよ。今までいろいろやってみたけど、うまくいかなかったんだ。山のメロウも気楽でいいさ。カンヅメや冷《れい》とうの魚でも、おなかはいっぱいになるんだし」

2　ガタロウのカヌー

お父さんは、毎日いそがしそうに海に出ていましたが、クーは連《つ》れていってもらえませんでした。マナナンさんをさがしましたが、出張所《しゅっちょうじょ》の所長室《しょちょうしつ》に入ったまま、カギをかけて出てきません。そこでクーはひとりで島《しま》を探検《たんけん》するこ

2　ガタロウのカヌー

とにしました。

島《しま》に着《つ》いた日、港《みなと》のはしに川のそそぎ口が見えました。川にいくと、魚やカニがいるかもしれない……。さん橋《ばし》のある浜《はま》から崖《がけ》のほうへ歩いていくと、三角のとんがり帽子《ぼうし》みたいな岩があって、そのかげから「カン、カン」とかなずちの音がしていました。

のぞいて見ると、頭のてっぺんがツルツルのガタロウでした。ガタロウは、クーが来たことにも気づかないで、むちゅうになってクギを打《う》っています。二本の丸い木をならべて、小枝《こえだ》で「H《エイチ》」のかたちにしているのです。

「何作ってるの？」

クーが声をかけると、ガタロウはビクッとしてふりむきましたが、すぐにまた背《せ》をむけて「カンカン」やりはじめます。

「ねえ、何作ってるのさ」

クーがしつこくきくと、ガタロウはふりむきもしないで言いました。

「やくそく守《まも》らないやつには、教えないよ」

「やくそく？」

なんのことだかわからなくて、クーはキョトンとしました。するとガタロウがふりむいて、鼻《はな》のさきで「フン」と言いました。

「父ちゃんが言ってたとおりだ。海のメロウはいいかげんだってね。ぼくとしたやくそく、まるっきりおぼえてないんだろ？」

この前、ガタロウと話したのは……。クーは思い出しました。

「魚か！　君《きみ》、パイナップルを返《かえ》すから魚ちょうだいって、言ってたんだ」

「そうだよ。でも、ずーっとくれなかった。やくそくやぶりのクー！」

ガタロウは、クーの名前を知っていました。

「どうして？　どうしてぼくの名前を知ってるの？」

2　ガタロウのカヌー

するとガタロウは、「ヒクヒク」とへんなわらいかたをして言いました。

「ぼくは、なんでも知ってるんだ。毎日島《しま》じゅうを調《しら》べて歩くから」

そしてガタロウは、目をキラキラさせて言ったのです。

「君のパパのカヌー、すごいね。船の横《よこ》にもうひとつ小さい船がついていて、まるでミズスマシみたいに早く走る」

じぶんがほめられたみたいにうれしくなって、クーはじまんしました。

「パパのカヌーは、島から島へ飛《と》ぶチョウチョより遠くまでいけるんだ。チョウの妖精《ようせい》・クラの名前がついているのさ」

「フーン、チョウの妖精・クラ号《ごう》か！」

ガタロウが感心《かんしん》しているのを見て、クーはまたたずねました。

「それで、君《きみ》、何を作ってるの？」

ガタロウが、鼻《はな》をヒクヒクさせて言いました。

「カヌーだよ。君のパパの船みたいなカヌー」

クーは、ガタロウが作っている「H《エイチ》」型《がた》の丸太《まるた》をジロジロ見ました。

「どこに乗《の》るの？　丸い木のままだと、すべって海に落《お》ちちゃうよ。

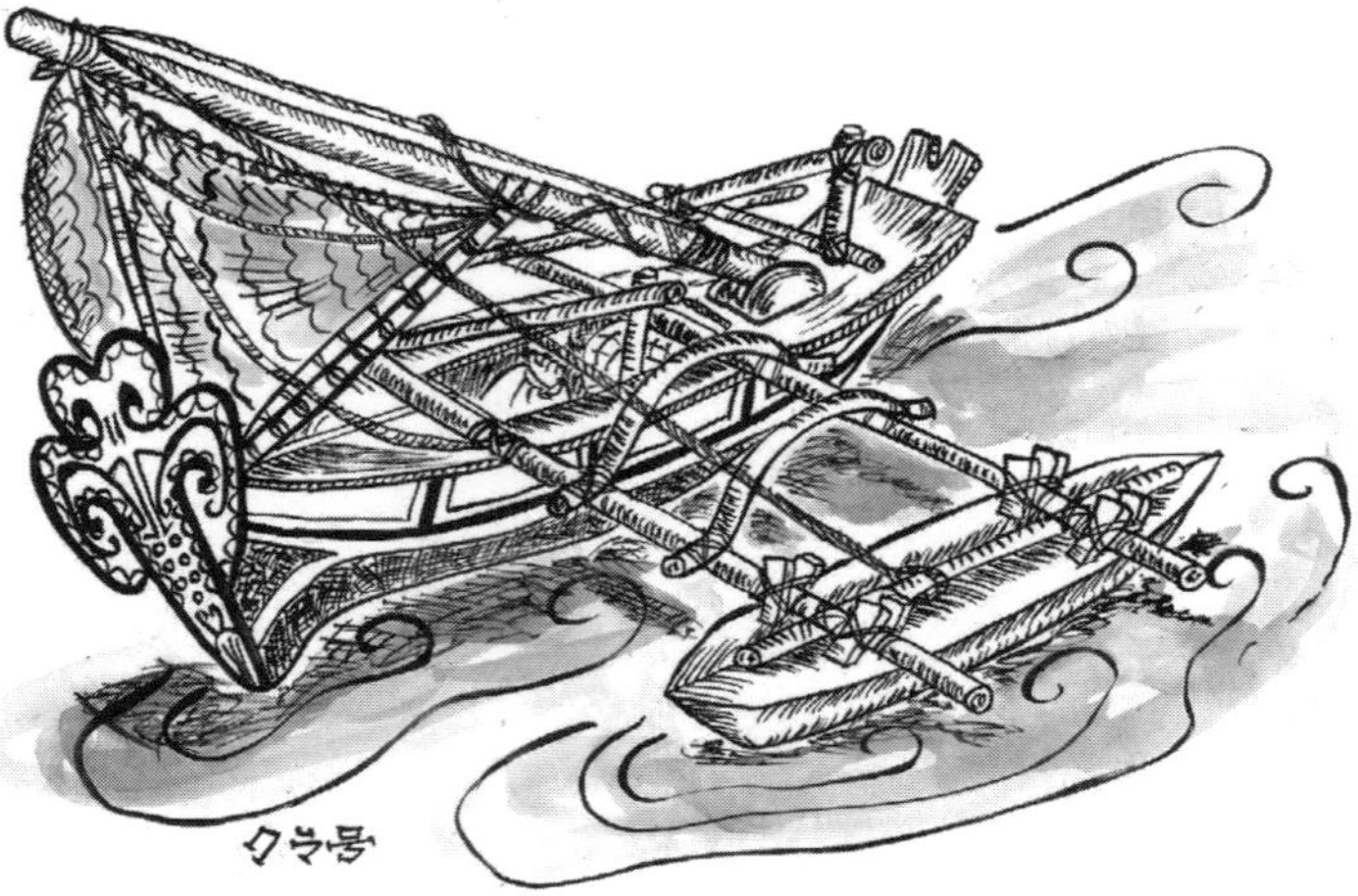

乗《の》る場所《ばしょ》をくりぬかなきゃ」

ガタロウがすまして言いました。

「ぼくは川で丸木舟《まるきぶね》になれているんだ。これでいいの。さあ、進水式《しんすいしき》だ！」

ガタロウは「フンフン」と鼻歌《はなうた》を歌いながら、カヌーをひきずって波《なみ》うちぎわへいきました。そしてクーに言ったのです。

「魚はもういいよ。このぼくのカヌーで、ええっと、なんて名前にしようかな。そうだ。川の妖精《ようせい》・カッパ号《ごう》にしよう。このカッパ号で、これから魚を釣《つ》るから。そのかわり、カヌーを海におし出してくれる？」

言われたとおりに、ガタロウの乗った丸木舟のカッパ号をおしてやると、引き波がさっとさらっていって、カッパ号はゆらゆらと動《うご》

2　ガタロウのカヌー

き出しました。

ガタロウが、大喜《おおよろこ》びしてさけんでいます。

「ヤッター！　とうとう魚が取《と》れるぞ。夕ご飯《はん》は魚のバター焼《や》きだ！」

　そのとたん返《かえ》り波《なみ》が来て、カッパ号《ごう》をもちあげました。「バリン！」と大きな音がしたかと思うと、二本の丸太《まるた》をつないでいた小枝《こえだ》が折《お》れて、カヌーは二つにわかれてしまいました。軽《かる》くなった丸太は、波の上に飛《と》びあがった後、ガタロウといっしょに海の中にもぐってしまいました。しばらくして浮《う》きあがった丸太の上で、ガタロウが泣《な》きわめいています。

「助《たす》けて！　ぼく、海の水はきらいなんだ！　塩《しお》からくて鼻《はな》がツンツンするよ！」

あわててサンゴ礁《しょう》の岩場まで走り、クーは海に飛《と》びこみました。波《なみ》にもまれて上り下がりしている丸太《まるた》の下で、ガタロウの足がバタバタしています。もぐったまま近づいて、ガタロウの足を背中《せなか》にのせました。ガタロウが泣《な》きやんで、

大声を出しました。

「あれ？　へんだな？　ぼく、海の中に立ってる！」

浅《あさ》いところまで行って、クーが海から立ちあがると、おんぶされたガタロウが目をまるくしました。

「クー、海の中で息《いき》ができるの？

あんなに塩《しお》からいのに、目や鼻《はな》が痛《いた》くないの？」

クーは、頭にかぶった赤い帽《ぼう》

2　ガタロウのカヌー

子《し》を指《ゆび》さしました。

「このメロウ帽《ぼう》があるから、どんなに深《ふか》くもぐっても、だいじょうぶさ」

陸《りく》にもどったガタロウは、しょんぼりしています。

クーは「かわりに取《と》ってあげようか」と思ってから、マナナンさんとパパの言っていたことを思い出しました。この島《しま》の海には魚がいないのです。

クーはかわいそうになって言いました。

「そんなに魚のバター焼《や》きが食べたいの？　川で取ればいいのに」

するとガタロウが首を横《よこ》にふりました。

「ぼくは川泳《およ》ぎがとくいなんだ。川で魚が取れたら、カヌーなんかこしらえるもんか。二ヵ月前の朝、また川の魚が浮《う》きあがって、たくさん死《し》んでいたんだ。それからちっとも取れない」

川にも魚がいないとなると、あとはカンヅメか冷《れい》とうの魚です。クーはガタロウに言いました。

「ちょっと待《ま》っていてくれる？　マナナンさんから、冷とうの魚、もらって来てあげるから」

クーは、いそいで出張所《しゅっちょうじょ》にもどりました。

メロウの好《す》きな魚は、出張所《しゅっちょうじょ》の冷《れい》とう庫《こ》にあります。ひと月にいちど、よその島《しま》から運《はこ》んでくる魚はみんな、冷とうしておくのです。

メロウ海洋《かいよう》会社の冷とう室はとても大きなもので、昔《むかし》は、この島で取《と》れた魚をたくさん冷とうしていました。今はふたつに仕切《しき》られていて、小さい部屋《へや》は冷とう室のまま、大きい部屋は所長室《しょちょうしつ》になっていました。

クーは、おかずにする魚を冷とう室に取りにいったことがあります。トビウオやカツオやイカなど、箱《はこ》にいっぱいあったので、ひとつくらい持《も》っていってもわからないでしょう。でも、冷とう室にはカギがかかっていました。

しかたなく、マナナンさんにたのもうとしたら、所長室のとびらが開《あ》いています。中からヒンヤリする風がふきだして、さわやかなすがすがしいかおりがもれて来ます。

「何だろう？」

ふとのぞきこんで、クーはびっくりしました。所長室に森があるのです。

3　マナナンさんのクーラーハウス

見たこともないような、白い森。すがすがしいかおりは、白い森のにおいでした。中へ入ると、またびっくり！　てんじょうから、明るい日の光がキラキラとさしこんでいます。

それは温室《おんしつ》、植物園《しょくぶつえん》にある温室みたいな、ガラスのてんじょうなのです。ただひとつ植物園とちがうのは、とても寒《さむ》いこと。

「ハックション！」

おもわずクシャミすると、森のかげからマナナンさんがあらわれました。あきれたように、マナナンさんが言いました。

「わしのクーラーハウスに入る時は、寒さよけのアノラックを着《き》ておいで」

部屋《へや》のゆかには、キラキラ光る氷《こおり》のようなものが、いっぱいつもっています。見とれていると、どこからか、丸いボールがころがって来ました。はんぶん白

くて、はんぶん黒い、変《へん》なボールです。ボールはブルッとからだをふるわせて、ニョキッと黒いつばさを生やしました。三角のくちばしとふくれた足のある、まん丸な鳥だったのです。マナナンさんが言いました。

「わしの友だちの、ボールペンギン・ガボンだ。五年前、冷《れい》とう船《せん》がこの島《しま》の沖《おき》でしずんで、船で働《はたら》いていたボールペンギンのうち、ガボンだけが助《たす》かったんだ。ガボンは寒《さむ》い場所《ばしょ》でしか生きられないから、このクーラーハウスを作ったのさ」

ガボンは、おずおずとクーにつばさをさし出しました。

「わたし、仕事《しごと》でいそがしくて、外のか

3　マナナンさんのクーラーハウス

たをあんまり知りませんの。あなた、お魚さん？　それともパイナップルさん？」

ガボンとあくしゅしながら、クーはガタガタふるえました。小っちゃなつばさの、なんと冷《つめ》たいこと！　あくしゅした手が痛《いた》いくらい。でも、言うべきことは言わなくてはなりません。

「ぼくに足があるの、わかるでしょ？　魚やパイナップルに足がある？」

ガボンはクーをじろじろと見て、それからブルッと羽をさかだてました。

「まあ、もう少しで冷とうメロウを作ってしまうところだったわ。仕事以外《いがい》であくしゅしないでちょうだいね。こおってしまうのよ」

ガボンは、つばさと足をちぢめて小さなボールにもどると、またころがりはじめました。

「ああ、いそがしい、いそがしい！」

クーがあっけにとられてポカンとしていると、マナナンさんが肩《かた》をすくめました。

「冷《れい》とう船がなくなっても、仕事《しごと》をつづけているつもりなんだ。ああやって氷《こおり》の上をころがって、魚やパイナップルをこおらせてな。他《ほか》に何の楽しみもないんだから、変《へん》なやつさ。

さて、奥《おく》へ案内《あんない》してやろう。ガボンのふるさとからとりよせた、めずらしい草や木をみてごらん」

氷の中から芽《め》を出すオーロラ草、氷河《ひょうが》に生える結晶《けっしょう》ゴケ、氷の花さく南極《なんきょく》樹《じゅ》、ふぶきに立ってるペンギンの木。南極海にうかぶ氷山の、オキアミ草とクジラの木……。マナナンさんがひとつひとつ教えてくれたので、あっというまに時間がたって、もう日がくれはじめました。てんじょうの日光が弱くなると、上から白いものがチラチラしはじめます。海の中にただよっているプランクトンのようなのに、手でつかむととけてしまいます。びっくりしていると、マナナンさんが言いました。

3　マナナンさんのクーラーハウス

「南の海で育《そだ》ったクーは知らないだろうが、これが雪なんだ。雪が降《ふ》る国に、昔《むかし》いちどだけ行ったことがある。若《わか》かったから、わしらの海のもっと向《む》こうに、何があるか知ろうと思ってな」
「その雪の降《ふ》る国って、何てところ？」
　クーがたずねると、マナナンさんの目がかがやきました。
「南極《なんきょく》さ。白い大陸《たいりく》があって、一年のほとんど雪が降る。降るってものじゃない。雪があばれているところ。ボールペンギンはそんな国に住《す》んでいたんだ」

マナナンさんの話がおわって、クーはやっとたのむことができました。ガタロウが魚を待《ま》っているのです。

「あのう、マナナンさん。ぼく、冷《れい》とう庫《こ》のトビウオがほしいんだけど」

マナナンさんはのんびりと言いました。

「えらいな。パパが帰ってくるまでに夕ご飯《はん》を作っておくのかい？　いいよ。いくらでも持《も》っておいき」

冷とうトビウオを持って三角岩のかげにとんでいくと、ガタロウがふくれっつらをしました。

「こんなカチカチの魚、食べられるの？」

「持って帰るうちにやわらかくなるよ」

「へんなの！　ほんとかな？」

ガタロウは首をかしげてから、クーに言いました。

「ぼくはドンドン川のダム湖《こ》に住《す》んでいるんだ。あした、ぼくんちに遊《あそ》びにこない？　ぼくの『宝《たから》ハウス』、見せてあげる」

「宝ハウス？」

「うん、そうさ。ぼくがこの島《しま》で集《あつ》めた宝物《たからもの》をしまってある家さ」

　あくる日、三角岩でガタロウが待《ま》っていました。クーはきょうも魚をあげました。おみやげです。ガタロウについて砂浜《すなはま》を歩いていくと、ドンドン川のそそぎ口に出ました。

　海の水と川の水がぶつかって、うずをまいています。そのうずのまん中に赤い泡《あわ》がたっていて、浜によせて来るのです。あたりの岩も砂も、まるで日焼《ひや》けしたように赤くなっています。

　クーはふしぎに思ってたずねました。

「どうして、この浜は赤いの？」

　するとガタロウはしゃがんで、足もとにうちあげられたみどりの実《み》を指《ゆび》さしました。

「これさ。このビートル・ナッツを、プップツがかじって、ドンドン川にすてるからだよ」

ビートル・ナッツは、青いレモンの、赤ちゃんみたいなくだものです。メロウのおじいさんたちは、コショウの棒《ぼう》に白い灰《はい》をつけて口に入れ、ビートル・ナッツといっしょに「モグモグ」とかみます。まるでチューインガムのようにかみつづけて、ときどき「ペッ」とはきだすと、赤い血《ち》のような汁《しる》が出るのでした。おじいさんたちはお酒《さけ》みたいにおいしいといいますが、クーにはただ苦《にが》いだけです。クーはあきれて言いました。

「浜《はま》がこんなに真《ま》っ赤《か》だよ。

プツプツって、そんなにビートル・ナッツが好《す》きなの？」

ガタロウがかたをすくめて言いました。

「さあ、わかんない。でも、ぼくの父ちゃんがそう言うんだ。ビートル・ナッツの木にかじりついて、実《み》を落《お》とすのはプツプツだって」

とうとう、がまんができなくなってクーはたずねました。

「だれなの？　そのプツプツって」

ガタロウは、川岸《かわぎし》につないだイカダを指《ゆび》さしました。

3　マナナンさんのクーラーハウス

「乗《の》りなよ。ぼくんちに来れば会えるよ。マングローブの根《ね》っこの上を歩いて、ぼくがイカダを引っぱってやるから」

クーはおしりのシッポを見せました。

「ぼくはメロウだよ。イカダに乗らなくても、川をのぼるのはとくいさ。ぼくが泳《およ》いで引いてあげる。きみがイカダに乗ればいい」

「でも、川が赤くなる日は泳いじゃいけないんだ」

ガタロウがとめるのもきかないで、クーはドンドン川に飛《と》びこみ、イカダを引いて泳ぎだしました。とても冷《つめ》たくていい気持《きも》ち……のはずだったのに、ドンドン川はなにやらぬるぬるしています。それでもがまんしてさかのぼっていくと、ヤシの木でせきとめた小さなダムにつきました。

ダムのてまえにさん橋《ばし》があって、はしごでダムの上に登《のぼ》れるようになっています。イカダをつなぎ終《お》わってから、ガタロウが言いました。

「ぼくの父ちゃんは、海のメロウがきらいなんだ。魚を渡《わた》したらすぐもどって来るから、ここで待《ま》っていてね」

ガタロウがかけ上がっていったはしごの上には、バナナの葉《は》でふいた小屋《こや》が見えます。

ガタロウはすぐに降《お》りてきて、森のほうへクーをひっぱっていきました。ビートル・ナッツの木やバナナの木の間にパイナップルがたくさん植《う》わっています。ガタロウが教えてくれました。

「ここは、メロウ海洋《かいよう》会社のパイナップル園さ。ぼくの父ちゃんのヤム・パパは、パイナップル園の番人なんだ」

パイナップル園のはしに、大きな倉庫《そうこ》があります。魚やワニの絵がほりつけてある柱《はしら》と柱の間に、パイナップルの実《み》がつんであって、柱の上にはバナナの葉でふいた小屋がのっています。竹のはしごがかかっていて、小屋に登れるようになっていました。ガタロウがじまんそうに言いました。

「あの小屋が、ぼくの宝《たから》ハウスさ」

4　ヤム・パパのダム湖《こ》

背《せ》の高いパイナップル倉庫《そうこ》の二階《かい》からは、ダム湖が見わたせました。まるでエメラルドの鏡《かがみ》のようです。南洋《なんよう》スギやガジュマル、アレカヤシの見える森がうつり、ダムのすきまから流《なが》れる川の水音が、「チョロチョロ」と聞こえます。

ガタロウが言いました。

「魚が死《し》んで浮《う》かんでいたって、言ったろう？　あれから魚が上がらなくなったんだ」

「ダムのかべがじゃまして、上がれないんじゃない？」

「ううん、ちゃんと魚の上がり道は作ってあるんだよ。前は魚が上がってきたもん」

　バナナの葉《は》でふいた小屋《こや》に入って、クーはびっくりしました。てんじょうにもかべにも、もちろんゆかの上にも、たくさんの品物《しなもの》がごろごろしていたからです。足が折《お》れてかたむいているイスや、やぶれたカサ、電球《でんきゅう》のない電気スタンド、さびたラジオ。ピストルもあったのでのぞいてみると、弾《たま》の通るあなが砂《すな》でつまっています。透明《とうめい》のプラボトルもたくさんあって、オレンジ色のジュースが残《のこ》っているのもあります。だれが使《つか》ったものでしょう？　ピンク色の長グツや黒の皮《かわ》グツの片方《かたほう》、しみのついたパナマ帽《ぼう》もあれば、はでなもようのテーブルかけや、茶色のウイスキーびんまであります。いったい、どうして運《はこ》びあげたのか、スプリングのむき出しになったベッドまであるのです。

　クーはわらいだして言いました。

「これが宝《たから》ハウス？　みんなガラクタばかりじゃない！」

4　ヤム・パパのダム湖

するとガタロウが、むっとして言いかえしました。

「ガラクタじゃないよ。海がこの島《しま》にくれたお宝《たから》なんだ。このお宝で大もうけして、他《ほか》の島から魚を買ってくるって、父ちゃんが言ってるもん」

「みんな、こわれたり、いたんだりしてるじゃないか。こんなの、だれが買うの？」

「発電所《はつでんしょ》のモグリーたちさ」

「モグリー？」

また知らない名前を聞いて、クーはたずねました。

「出張所《しゅっちょうじょ》のマナナンさんは、この島にいるのはきみたちとぼくらだけだと言ったよ。さっきのプツプツとか今のモグリーとか、いったいだれなの？」

ガタロウはクーの手をひっぱって、流木《りゅうぼく》で作った白い本だなの前にいきました。さっきのプラボトルがならんでいます。中に水が入っていて、すこし赤い色がついていたり、黄色かったり、青色だったりしています。とてもおいしそうな色です。そういえば、のどがカラカラでした。

「これ、ジュースだろう? 飲《の》んでもいい?」

一本とり出すと、ガタロウがあわててとめました。

「だめだよ。よく見てごらん。プツプツが入っているだろう?」

言われて、プラボトルに顔を近づけると、青みがかった透明《とうめい》な卵《たまご》が水の中でふわふわしています。まるでエビの卵のようです。ガタロウが言いました。

「これは、青いプツプツ。パイナップルの木を食べて、枯《か》らしてしまうプツプツさ。それから赤いプツプツは、ビートル・ナッツの実《み》をかじって、川を赤くする。

黄色いプツプツはバナナの葉《は》を枯《か》らすんだ」

クーはおなかがすいてきました。プラボトルの中のプツプツは、魚や貝やタコの卵《たまご》に似《に》ています。海の中にただよっている卵は、魚たちがおいしそうに食べますし、メロウもあみですくってすりつぶし、海ダンゴにして食べるのです。

「プツプツって、卵だったのか。どんな味《あじ》？　食べたことある？」

ガタロウが首をふりました。

「ううん。だって、父ちゃんが言うんだ。プツプツは、悪《わる》い虫の卵だって。パイナップルやバナナを枯らすんだもの。プツプツの親は、目に見えないチョウチョなんだってさ。風の強い日にドンドン山から飛《と》んできて、知らない間に卵をうみつけるんだ」

クーはばかにして言いました。

「目に見えないチョウチョなんて、いるわけないだろう？　ガタロウの父ちゃんは目が悪いのさ。でも、わかった。この島《しま》へ来る前に、ぼく、ナップ島《とう》でトリアゲハの卵を見たことがあるんだ。食べたことないけど、この卵、それに似てる。おいしいかもしれない」

クーはプラボトルのキャップをあけて、水といっしょに卵《たまご》を飲《の》みこんでみました。他《ほか》の卵は、固《かた》い外皮《がいひ》をかむと、ゼリーのようにあまい汁《しる》が出てきますが、プップツはなんの歯《は》ごたえもありません。しかも口の中でだんだんしぶくなりました。

「ペッ、これ、まずいや！」

クーが思わずはき出すと、ガタロウがわらいました。

「くいしんぼうのクー。父ちゃんが言ってたよ。海のメロウは何でも食べてみる、食いしんぼうだってね」

クーは負《ま》けおしみで言いかえしました。

「他に、もっといい宝物《たからもの》はないの？」

ガタロウは少し考えこんでから、古ぼけたラジオを持《も》ってきました。

「これ、モグリーがいちばんほしがるものなんだ」

うらぶたをあけると、電池が入っています。スイッチをいれて、ダイヤルを回してみましたが、ラジオはうんともすんとも言いません。

「なんだ、電池がきれているじゃない」

「それでもいいんだって。モグリーはドンドン山の地下で、電池のもとになる石を掘《ほ》り出すから」

クーは知りたくてたまりませんでした。

「ねえ、そのモグリーっていうのも、まさかチョウチョか何か？」

ガタロウがゲラゲラとわらいました。

「チョウチョが、石を掘り出すかい？　モグリーは土の下でくらしてるのさ。ドンドン山の発電所《はつでんしょ》は、モグリーが作ったんだよ」

クーは口をとがらしました。

「発電所のモグリーなんて、マナナンさんはひとことも言わなかったよ」

「だって、マナナン所長《しょちょう》はモグリーがきらいなんだもの。島《しま》にメロウがいなくなってから、モグリーは電気代《でんきだい》を値上《ねあ》げして、毎月三そう分のカヌーで、パイナップルを支払《しはら》えと言ったんだ。マナナン所長が二そう分だと言いはったら、モグリーは電気をとめてしまった。冷《れい》とう室の魚がくさりかけて、クーラーハウスのガボンが病気《びょうき》になって、しかたなく所長は三そう分のパイナップルを払ったんだ。

それからマナナン所長《しょちょう》はこう言うんだ。モグリーは生《い》き物《もの》じゃない。血《ち》もなみだもない、金もうけマシンだって」

クーは発電所《はつでんしょ》のモグリーに会ってみたいと思いました。

「ぼくを発電所に連《つ》れていってくれない？」

するとガタロウはそっぽをむきました。

「ぼくの宝《たから》ハウスの悪口《わるくち》を言ったろう？　ぼくのプツプツをまずいと言ったし。きみとは、やっぱり友だちになるのやめた！」

クーはあわてて言いました。

「だって、ガタロウが集《あつ》める宝物《たからもの》、へんな物ばかりだもの。宝物って、大切《たいせつ》なものなんだよ。人に売ったりしないものなんだ」

「じゃあ、クーの持《も》ってる宝物は何？」

クーは、赤いメロウ帽《ぼう》の下から手紙をとり出しました。

「これ、ママの手紙。もうすぐ仕事《しごと》が終《お》わるから、満月《まんげつ》のころ、この島《しま》に来られるって。宝物はいつも持《も》って歩くんだ。なくさないようにね」

ガタロウは感心《かんしん》したように「フーン」と言ってから、負《ま》けおしみを言いました。

4　ヤム・パパのダム湖

「海のメロウの宝物《たからもの》と、ぼくらのとはちがうんだ。それに、ぼくの集めた宝物なんて父ちゃんのまねっこで、父ちゃんの宝物はもっとすごいんだぜ。ぼくは、島を歩きまわって落《お》ちてる物を拾《ひろ》うだけだけど、父ちゃんのは本物のお宝なんだ。みつからないように、ダム湖《こ》を作ってかくしてあるんだもの」

「それって、どんな宝物？」

その時、宝ハウスのとびらが開《あ》いて、大きなからだのおじさんが入ってきました。ガタロウと同じように、頭のてっぺんがツルツルです。

「ガタロウ、しょうのないやつだな。ヤム・パパのダムに宝物なんかあるものか。おかずにする魚を飼《か》っているだけだと言うんだ。ところで、このぼうずはだれだ？」

ガタロウがあわてて言いました。

「父ちゃん、この子が、きのう固《かた》いトビウオをくれたメロウの子だよ」

ガタロウのお父さんは、きゅうにニッコリして手をさし出しましたが、目がクーをきらっていました。

「マナナン所長《しょちょう》が言ってた、技師《ぎし》のクマラさんの子だね。わしがガタロウのおやじのヤム・パパだ。魚を持《も》ってきてくれるのなら、大かんげい！　せまい島《しま》の中だ。おたがい、助《たす》け合おうじゃないか」

大きなヤム・パパに見張《みは》られているようで、何だかきゅうくつです。クーは「さようなら」を言って、ドンドン川を泳《およ》いで下りました。

5　耳の中のお客《きゃく》

その晩《ばん》、クーは病気《びょうき》になってしまいました。お父さんがカゼ薬《ぐすり》をくれましたが、頭ががんがんして耳の中がちくちくします。朝になって、マナナンさんがクーの右耳にさわって言いました。

「ひどい熱《ねつ》だ。所長室《しょちょうしつ》から、ガボンを呼《よ》んでさわってもらうといい」

ボールペンギン・ガボンがやってきて言いました。

「まあ大変《たいへん》！　クーの耳の中が真《ま》っ赤《か》だわ」

ガボンはふたつのつばさでさわって、クーの頭と耳を冷《ひ》やしてくれました。ヒヤリとして、いい気持《きも》ち。ところが、耳の中から、いきなり大声がしました。

「ハックション！」

マナナンさんが、お父さんと顔を見合わせて、懐中電灯《かいちゅうでんとう》を渡《わた》しました。お父さんは、懐中電灯でクーの耳のあなを照《て》らして、ギョッとしたようにさけび

ました。

「何だ、これは！」

ガボンがクーの耳にクチバシをつっこんで、小さなエビたちをひっぱり出しました。

「出ていらっしゃい、早く！」

エビは七ひきです。おたがいのおなかをしっかりつかんで、まるで赤いビニールひものようにつながっています。

マナナンさんが言いました。

「この島《しま》に、こんなエビ、いたかな？」

すると、いちばん大きなエビがいいました。

「ぼくらはエビなんかじゃないよ。わかったらクチバシから放《はな》してよ。ここえて死《し》んでしまいそう」

マナナンさんが、ガボンにたずねました。

「何だと思う？　南極《なんきょく》の海にいるオキアミに似《に》ているけど」

ガボンがこたえました。

「ええ。でもオキアミはこんなにはでな色じゃないわ。それにこの子たち、変《へん》なにおい！」

マナナンさんとお父さんが鼻《はな》を「フンフン」と動《うご》かして、大きくうなずきました。お父さんが言いました。

「このにおいは、ペンキか、工場の油《あぶら》のにおいに似ているな」

真《ま》っ赤《か》なエビたちが、クーの肩《かた》で「パチパチ」と拍手《はくしゅ》しました。

「当たり！　ぼくたち、発電所《はつでんしょ》の工場から飛《と》んできて、ビートル・ナッツで大きくなったんだ。バナナやパイナップルを食べて大きくなる子もいるよ」

「アッ！」と、クーは思い出しました。バナナやパイナップルを食べるチョウチョの卵《たまご》！

「きみたち、ひょっとしてプツプツじゃないの？」

エビたちがブーブー言いました。

「プップツだって？　ぼくらは、もう卵《たまご》じゃないんだ。ドンドン川に入って、大きくなったんだから。ゴチャマゼクトンと言ってよ」

「ゴチャマゼクトン？」

みんなが大声を出すと、赤いエビたちは、さっとクーの耳の中にもどりました。ガボンがあわてて、シッポで冷《つめ》たい風を送《おく》ろうとすると、一番大きなゴチャマゼクトンが顔を出して、怒《おこ》って言いました。

「ぼくらは冷たいのが大きらいなんだ。これ以上《いじょう》冷《ひ》やすと、耳の中でもっとあばれるよ。やっといいホテルをみつけて、ひと寝入《ねい》りするところなんだ」

マナナンさんがあきれて言いました。

「やつら、クーの耳をヤドカリの貝とまちがえておる」

ゴチャマゼクトンが眠《ねむ》ってしまうと、耳の痛《いた》いのが治《なお》りました。頭の痛いのもおさまりました。でもときどき寝返《ねがえ》りでもするのか、耳がちくちくします。

クーは心配《しんぱい》の種《たね》をもうひとつ思い出しました。

「ねえ、パパ。ゴチャマゼクトンが言ったでしょう？　卵じゃないから、もう

5　耳の中のお客

プップツって言わないって。ゴチャマゼクトンの卵《たまご》がプップツなんだ。ぼく、そのプップツを飲《の》んではき出しちゃった。口の中に何か残《のこ》っていない？」

お父さんは、「アーン！」と開《あ》けたクーの口の中をのぞきこんで、ほっとしたように言いました。

「だいじょうぶ。ちょっとのどが赤くなっているけど、卵もエビもついていない。やれやれ、いちどドンドン川や発電所《はつでんしょ》を調《しら》べてみよう」

クーはマナナンさんにたずねました。

「発電所にはモグリーがいるのでしょう？　発電所の工場って、モグリーが作ったの？」

マナナンさんは、ふきげんそうに答えました。

「そんなこと、メロウのわしの知ったことか。モグリーたちは、魚も食べないし貝も食べない。海の中の物《もの》は何も買わないくせに、電気代《でんきだい》だけはとりたてる。まったくいやなマシンどもだ」

お父さんが言いました。

「マシン？　それって、何の機械《きかい》ですか？」

マナナンさんはしぶい顔をしてこたえました。

「わしが言う『マシン』は、機械《きかい》のことじゃないんだ。まあ、聞け！ドンドン山は、ときどき火をふく火山だ。火山の熱《あつ》い熱《ねつ》を使《つか》って、発電所《はつでんしょ》を計画したのはいいが、地面《じめん》の下の地獄《じごく》のような暑《あつ》さの中で、発電機《はつでんき》を備《そな》えつけるメロウなどひとりもいなかった。そこでわしらは、モグリーたちに工事《こうじ》をたのんだ。モグリーは太陽《たいよう》がきらいで、金や銀《ぎん》・鉄《てつ》や石炭《せきたん》・石油《せきゆ》など、地面の下にうもれている宝《たから》を掘《ほ》ってくらしているんだ」

「モグリーというのは、地下開発《かいはつ》会社の人たちですね？」

お父さんが口をはさむと、マナナンさんが怒《おこ》りだしました。

「地下開発会社はよくばり者《もの》の集《あつ》まりだ。発電所の機械に弱いわしらをバカにして、電気代《でんきだい》の値上《ねあ》げしか考えない。払《はら》わなければ、自動的《じどうてき》に電気をとめる。金もうけしか考えないんだから、金もうけマシンだと言うんだ！」

二日ほどして熱も下がり、クーは元気になりましたが、耳の中のお客《きゃく》は出ていきませんでした。「ゴチャマゼクトンがいる間は、おとなしく寝《ね》ていなさい」とお父さんが言うので、クーはベッドに横《よこ》になっていましたが、退屈《たいくつ》で退屈で

5　耳の中のお客

死《し》にそうでした。

　クーの話を聞いて、お父さんがドンドン川を調《しら》べに出た後、窓《まど》からガタロウが顔を出しました。

「やあ、クー。熱《ねつ》が出たんだって？　やっぱり父ちゃんの言ったとおりだ。川が赤くなる日は、泳《およ》いじゃいけないんだ」

　クーは負《ま》けおしみを言いました。

「でも泳いでよかった！　川からいいものもらったもん」

　ガタロウが窓からころがりこんで、クーのベッドに飛《と》び乗《の》りました。

「いいもの？　それ、お宝《たから》かい？」

「さあ、どうだろうな？」

　クーがじらすと、ガタロウはくやしがってせかしました。

「ねえ、教えてよ。どんなお宝？」

　ガタロウの宝ハウスには、プップツはありましたが、ゴチャマゼクトンはなかったはずです。クーはニッコリしました。

「ガタロウ、ゴチャマゼクトンって知ってる？」

「何？　それ。ぼく、知らない……」

「知りたい？」

ガタロウが目をピカピカさせて大きくうなずいたので、クーは自分の右耳を「トントン」とたたきました。

すると眠《ねむ》っていたゴチャマゼクトンが三びき、赤い糸のようにたれ下がりました。

ガタロウはびっくりです。

「クー、耳にエビを飼《か》っているの？」

いちばん大きなゴチャマゼクトンが、クーの耳から顔を出しました。

「ぼくらは、エビじゃないって言ってるだろう？　発電所《はつでんしょ》から飛《と》んできて、ドンドン川で大きくなったゴチャマゼクトンさ」

クーは、ガタロウに説明《せつめい》しました。

「プップツが大きくなったら、ゴチャマゼクトンになるんだって」

ガタロウがうらやましそうに言いました。

「きみたち、ドンドン川にいたの？　プップツは雨水の中にいたから、川の水は集《あつ》めなかったんだ。おしいことしちゃったな」

それからガタロウは、クーに言いました。

「ねえ、このゴチャマゼクトン、ぼくにくれない？　宝《たから》ハウスのたなにならべたいから」

クーは、鼻《はな》で「フン」と言ってみました。

「ガタロウの宝物《たからもの》は、モグリーに売るんだろう？　せっかく川からもらったお宝だもの、あげられないよ」

ガタロウは口をとがらせて言いました。

「そう言うだろうと思った。いいよ。ぼく、ドンドン川でさがすから」

すると、残《のこ》りのゴチャマゼクトンも出てきて、ワイワイさわぎはじめました。

6　ゴチャマゼクトンの海水浴《かいすいよく》

いちばん小さなゴチャマゼクトンが言いました。

「ぼく、ちょっと疲《つか》れちゃった。おフロに入りたくなった。ドンドン川に帰ろうよ」

二ばんめに小さなゴチャマゼクトンが言いました。

「さんせい！　ドンドン川に帰りましょう」

つられて三ばんめも手をあげました。

「さんせい！」

ところが四ばんめが、もんくを言いました。

「ぼくは、海に出たい！　海水浴したことないもん」

五ばんめと六ばんめが、海水浴にさんせいしました。みんなの意見《いけん》を聞いた

6　ゴチャマゼクトンの海水浴

あと、いちばん大きなゴチャマゼクトンがクーに言いました。

「きみはどう思う？　ドンドン川と海水浴《かいすいよく》と」

　クーは、もちろん海水浴をすすめました。

「海の水は、ぼくらを元気にしてくれるんだ。病気《びょうき》なんか、すぐ治《なお》してくれる。それに海はおもしろいよ。岩場や砂《すな》の中に、いろんな生《い》き物《もの》がかくれていて、あちこちでおしゃべりできるもの」

　ガタロウが反対《はんたい》しました。

「海の水って、塩《しお》からくて目がいたくなるよ。鼻《はな》もツンツンするし。きみたちは、ドンドン川で大きくなったんだろう？　なれた場所《ばしょ》にいるほうが安心《あんしん》さ」

　いちばん大きなゴチャマゼクトンは少し考えてから、仲間《なかま》に言いました。

「発電所《はつでんしょ》から飛《と》んでくるぼくらの弟たちに、ドンドン川をあけわたしてやろう。ぼくらは海へ出て、海水浴《かいすいよく》をためしてみようぜ」

耳にゴチャマゼクトンをぶらさげて、クーは浜《はま》に出ました。

頭から海水をかぶると、ゴチャマゼクトンたちは大喜《おおよろこ》び。「キャア、しょっぱい、しょっぱい！」と言いながら、プルプルとからだをくねらせました。

クーは、赤いメロウ帽《ぼう》をかぶりなおしてから、「ザブン！」と海に飛《と》びこみました。頭ががんがんしたことも、耳がちくちくしたことも、すっかりわすれています。海の水が、まるでお母さんのようにあたたかく抱《だ》いてくれるのです。

耳のまわりにくっついて、ゴチャマゼクトンが赤い糸のようにひらひらしています。

クーは大声で言いました。

「しっかりつかまっておいでよ！　海の底《そこ》を見せてあげるから」

クーはもぐっていって、サンゴをさがしました。うねっているサザナミサンゴやみどりのアオサンゴ……。でも数えるほどしかサンゴはなくて、石ころのようなナマコが、底の砂地《すなじ》にころがっているぐらいなものです。

「どうしてサンゴが少ないんだろう？」

6　ゴチャマゼクトンの海水浴

　顔を近づけて、貝やカニをさがしましたが、どこにもいません。ふるさとのナップ島《とう》には、もっとたくさんのサンゴがあります。ピンクや黄色の、カリフラワーのようなウミトサカもあるし、赤く紅葉《こうよう》した木のようなイソバナややヤギもあります。ちょっと深《ふか》い岩場には、ウミシダもゆらゆらしていて、カニやエビ、貝、魚たちのレストランになっています。けれどもこのタツノコ島《じま》には、そうした海の生《い》き物《もの》がひどく少ないのです。

　そのうち、クーはふと気づきました。海底《かいてい》のあちこちに、赤や黄色の砂山《すなやま》ができています。近寄《ちかよ》ってさわってみると、ペンキぬりたての家のように、べっとりしています。

　そばの砂の間から、スプーンをたてたよう

なチンアナゴが顔を出して、ぶつぶつ言いました。

「海の底《そこ》をペンキの家でいっぱいにしないでほしいな。ぼくらの出入り口がつぶれてしまうもの」

するとゴチャマゼクトンがクーからはなれて、チンアナゴの穴《あな》をとりかこみました。

「いい穴だね。ぼくたちの家にするから、出ていってくれる？」

ゴチャマゼクトンに巻《ま》きつかれそうになって、チンアナゴはあわてて飛《と》び出しました。ゴチャマゼクトンはまわりの砂《すな》をよせ集《あつ》め、しっかり固《かた》めて家を作りました。他《ほか》の小山と同じ、ペンキぬりたての家です。

ひょろひょろと泳《およ》ぎだしたチンアナゴが、クーに言いました。

「おまえがペンキの仲間《なかま》をつれてきたから、この島《しま》から出ていくよ。こうやって、みんな追《お》い出されちまったんだ。あのゴチャマゼクトンにね」

海から上がると、待《ま》っていたガタロウがバカにしました。

「ゴチャマゼクトンがペンキの家を作ったって？　うそばっかり！　ぼく、もう帰ろうっと」

何だか、すごくいけない物《もの》を落《お》としてしまった気分がして、クーはガタロウにたずねました。

「ゴチャマゼクトンを、海から連《つ》れもどしたほうがいいかな？」

するど、ガタロウが言いました。

「ぼくは手つだえないよ。きょうは、父ちゃんの手つだいでドンドン山へ行くんだから」

ドンドン山と聞いて、クーは思い出しました。

「発電所《はつでんしょ》のモグリーのところへ行くの？」

「うん。土曜日と日曜日は、モグリーの工場で店を開《ひら》くんだ」

「宝《たから》ハウスの、あの……」

「ガラクタ」と言いかけて、クーは「お宝」と言いなおしました。ガタロウがうれしそうに言いました。

「きょうのお宝には、プップツの卵《たまご》も入っているんだよ。クーはプップツの卵をまずいと言ったけど、モグリーは喜《よろこ》ぶかもしれないって、父ちゃんが言うんだ」

「パイナップルやバナナを枯《か》らす悪《わる》い虫の卵だって、ヤム・パパは言ってたん

「クーだって、食べてみたじゃないか。食べてみて、モグリーはおいしいと思うかもしれない」

プップツは、ゴチャマゼクトンの卵《たまご》です。メロウ海洋会社《かいようがいしゃ》の出張所《しゅっちょうじょ》のある、この西うらの海の底《そこ》には、ゴチャマゼクトンのペンキの家がたくさんできていました。クーは、モグリーがプップツを食べるかどうか、見てみたくなりました。

「ねえ、ガタロウ。ぼくも発電所《はつでんしょ》に連《つ》れていってよ」

ガタロウがニヤッとして言いました。

「じゃあ、ぼくにメロウ帽貸《ぼうか》してくれる？」

「だめだよ！　この帽子は、いつも持《も》っていなさいって、ママが言ってたもん」

「だったら、ぼくもだめ！　仕事《しごと》は遊《あそ》びじゃないって、ヤム・パパが言ってたもん！」

ガタロウはツンツンして帰っていきました。

7 月ガ浜《はま》のピクニック

日曜日は、風が静《しず》かでした。まだお日さまの上がらないうちに、お父さんがクーを起《お》こしました。

「さあ、月ガ浜へピクニックだぞ！」

お父さんのカヌー「クラ号《ごう》」が西うらを走りだすころ、お日さまも顔を出しました。イリ岬《みさき》の下の、サンゴ礁《しょう》の水路《すいろ》をぬけたころ、やっとクーは目がさめて、あたりを見まわしました。

サンゴ礁から外へ出るのは、二週間ぶりです。はじめてこのタツノコ島《じま》へ来た時から、いちども外海へ出たことはありません。

島《しま》の外は深《ふか》い深い海で、海底《かいてい》からつき出たタツノコ島《じま》にぶつかって、青ガラスのようなぶ厚《あつ》い波《なみ》が、あとからあとからわき上がって来ます。クラ号は、しばらく木の葉《は》のようにゆれていましたが、島からふき出す陸風《りくかぜ》に助《たす》けられて、サンゴ礁《しょう》の外へ出ることができました。波《なみ》がやさしくなって、たくさんの海の手が東へ運《はこ》んでくれます。

黒い崖《がけ》が見えてきました。カツオ鳥がいっぱい住《す》んでいて、高く舞《ま》い上がってはトビウオの群《む》れをさがしています。まっ白にお化《け》粧《しょう》していたり、青いお面《めん》をかぶっていたり、カツオ鳥はおシャレです。

お父さんが帆《ほ》の向《む》きを変《か》えました。海風をおなかいっぱいにもらって、クラ号《ごう》がカツオ鳥の崖を回りきると、岩礁《がんしょう》の向こうにココヤシのならんだ岬《みさき》がありました。お父さんがいいました。

「ココ岬だよ。島《しま》でいちばん東のはしにあるから、どこよりも早く月が見えるんだ」

岩礁が切れると波が急《きゅう》に速《はや》くなって、あっ

7　月ガ浜のピクニック

というまに、カヌーは岬《みさき》の下の入り江《え》に入りこみました。入り江の奥《おく》に砂浜《すなはま》があります。小さいけれど、荒《あら》い外海の波《なみ》がうちよせて、サーフィンしたくなるような浜。それが月ガ浜でした。

クラ号《ごう》を砂浜にひき上げて、お父さんが言いました。

「さあ、もぐりにいこう！」

寄《よ》せてくる大波に飛《と》びこんで、クーとお父さんは月ガ浜の海にもぐりました。メロウのピクニックといえば、海の中に決《き》まっています。

海の底《そこ》は、ゆっくりのびた砂地になっていました。キラキラしたお日さまの光をあびて、うすみどりのマガタマモやイソスギナがせのびしています。キノコのようなカサノリや、ヒョウタンがすずなりになったみたいなセンナリヅタ。アスパラガスのようなくきをしたサボテングサ。波にさらわれたモズクやヒロメが、フワフワ流《なが》れてきます。

ときどき、花畑《はなばたけ》に出会います。赤やむらさき・黄色など、色とりどりのイソギンチャクの群《む》れです。赤い針金細工《はりがねざいく》みたいなオトヒメエビも、クーたちをながめに顔を出しました。

砂《すな》が終《お》わるところは岩だなになっています。大きなウチワのようなヒラヤギや、紅葉《もみじ》の木のようなイソバナに、タカラガイが少しくっついています。クーは近づいて、カニやウミウシがいないかさがしました。

「他《ほか》に、何もいないね……」

お父さんが言いました。

「外海の波《なみ》がぶつかりすぎて、つかまっていられないんだ。メロウ海洋《かいよう》会社のある西うらのように、サンゴ礁《しょう》の防波《ぼうは》ていがないからな。やっぱり、海の牧場《ぼくじょう》は西うらに作るしかない」

でも岩だなを、ジュゴンの好《す》きなアマモがびっしりおおっていました。柱《はしら》のようなアオサンゴも生えています。その下は、もうサンゴもない断《だん》

7　月ガ浜のピクニック

崖絶壁《がいぜっぺき》の深《ふか》い海です。

いきなり、岩だながゆれました。「キュルキュルキュル！」と、からだがしびれるような音がして、深い海の闇《やみ》の中から、いっせいに泡《あわ》がたちました。泡といっしょに何かが「ゴウーッ」と上がってきます。

「あぶない！」

お父さんがクーの手をひっぱって、アオサンゴのかげにかくれました。たつまきです。白い泡のあとから銀色《ぎんいろ》に光る魚の柱、何千、何万ものイワシの群《む》れが、たつまきになって立ち上りました。

イワシの柱をおしあげて、なにかの巨大《きょだい》なシッポが岩だなにぶつかりました。アオサンゴが折《お》れて、お父さんとクーは海中に投《な》げ出されました。まるで回転《かいてん》木馬《もくば》のように、からだがグルグル回ります。

そのうち、黒いヒレがクーを「パチン！」とはねとばしました。ボールみたいに飛《と》ばされて、ぽっかりと海の上に浮《う》かんで、クーは見たのです。空にはねるイワシの柱を追《お》いかけて、巨大な魚が三びき、大きな口を開《あ》けてつぎつぎに飛ぶのを！　シャチです！

三びきのシャチは、「ドーン！　ドーン！」と海をふるわせて落《お》ちると、ゆっくりと円をかいてクーのまわりにやって来ました。

一ぴきのシャチが、細い目でジロジロ見ました。

「なーんだ。メロウの子か。アシカだったらデザートにしようと思ったのに」

むっとして、クーは言い返《かえ》しました。

「何がデザートだい！

ぼくらがピクニックしてたのに、はねとばしておいて！」

するともう一ぴきが、クーにからだをこすりつけて言いました。

「怒《おこ》るなよ。ぼくのこと、わすれた？　ナップ島《とう》で浜《はま》に乗《の》りあげた時、ぼくを助《たす》けてくれたろ？」

びっくりしてよく見ると、背《せ》びれに白いもようがあります。クーは大声を出しました。

「キュルルだ！」

クーがだきつくと、キュルルがたずねました。

「ぼくらって、言ってたけど、だれとピクニックに来てたの？」

クーは青くなりました。お父さんがいないのです。あわてててもぐって、お父さんをさがしました。

「パパ、パパー！」

三びきのシャチもいっしょにさがしてくれましたが、お父さんはどこにもいません。キュルルが言いました。

「きみのパパ、もう船に帰ったんじゃない？」

「そうかな？　でもさっき、きみらのヒレにはねとばされた時、パパもどこかへ飛《と》ばされたのかもしれない……」

キュルルがわらいました。

「飛ばされたって同じ海だよ。メロウが行方不明《ゆくえふめい》になるわけないじゃん」

キュルルたちとわかれて月ガ浜《はま》へ帰りましたが、カヌーのクラ号《ごう》はそのままで、お父さんのすがたもありません。

クーは心配《しんぱい》になって、もういちど海にもぐりました。キュルルたちのシッポで折《お》れた、アオサンゴのまわりをさがした後、ココ岬《みさき》の下の海まで行きましたが、見つからないのです。しかたなく、クーは浜のクラ号のそばでお父さんを待《ま》つことにしました。

8　小さなおばあさん

お日さまが高くなっても、お父さんは帰ってきませんでした。ひょっとして、クーをさがして西うらへもどったのでしょうか？

でも、外海に出る時は、カヌーを使《つか》うはずです。

いろいろ考えていると、おなかがすいてきました。カヌーの中のバスケットを開《あ》けて、マグロのサンドイッチを食べていると、林のほうから葉《は》のすれる音がしました。

「あっ、パパだ！」

ふりかえると、ココヤシの下のしげみから海ガメが顔を出しました。クーはがっかりして、海ガメをにらみました。

8　小さなおばあさん

「へんな時に、出てこないでよ。パパとまちがえるじゃない」

するとと海ガメが、しょぼしょぼした目でべそをかきました。

「そんなこと言わないで。道に迷《まよ》って、やっと海に出られたんだもの。とてもおなかがすいているの。サンドイッチ、少し食べさせてくれる？」

海ガメは、クーのサンドイッチをすっかりたいらげた後、お父さんの分までほしそうに首をのばしました。クーはあわてて言いました。

「これはあげられないんだ。パパも迷子《まいご》になって、きっとおなかがすいてるはずだから」

海ガメが言いました。

「あなたのパパって、もしかしたらメロウじゃない？」

クーがうなずくと、海ガメはうれしそうに手をパタパタさせました。

「じゃあ、わたし、あなたのパパがいる所《ところ》を知ってるわ。教えてあげるから、後でまた少しちょうだいね」

クーは大喜《おおよろこ》びして、海ガメについていきました。もちろん、パパのサンドイッチの入ったバスケットを持《も》って。

海ガメはヤシの間をのそのそと歩いて、クロトンのしげみに入りました。もようの入った赤や黄色のはでな葉《は》が、お日さまの光にすけています。

その下をかがんで歩くと、まるで教会のステンド・グラスを見ているみたいです。見とれていると、ドンと岩にぶつかりました。しげみが切れて岩山になっています。岩山に、ほら穴《あな》が開《あ》いています。クーはびっくりして言いました。

「ここ？　パパはほら穴の中？」

海ガメはへんじもしないで、真《ま》っ暗《くら》なほら穴へどんどん入っていきます。とても立っては歩けない、小さなほら穴です。

「待《ま》ってよ！」

サンドイッチの入ったバスケットを後ろに引きずりながら、クーは四つんばいになりました。

でも、ほら穴がせまくて暗いのは、入り口だけでした。すぐに明るくなって、てんじょうが高くなりました。電灯《でんとう》がともっているのです。海ガメが言いました。

「ほら、かべに『海の図書館《としょかん》』って書いてあるでしょ。つきあたりのドアの向《む》こうが図書室なのよ。あなたのパパはそこにいるわ」

ドアをおすと、かんたんに開きました。小さな部屋《へや》があって、ぎっしり本がならんでいます。だれか机《つくえ》に向かっています。

「パパ！」

声を出しかけて、クーは飲《の》みこみました。パパではありません。ビロードの服《ふく》を着《き》た、小さなおばあさんだったのです。

小さなおばあさんが、顔をあげて立ち上がりました。

「だれなの？　ここへ、かってに入ってはいけないよ！」

虫ピンみたいな丸い目と、マッチぼうみたいに細長い鼻《はな》。銀《ぎん》の針《はり》のような髪《かみ》の毛が、帽子《ぼうし》のすきまから突《つ》っ立っています。スカートの下には小っちゃなハイヒール。それなのに、グローブみたいにばかデカい手です。

クーはどぎまぎして、海ガメに言いました。

8　小さなおばあさん

「この人、メロウじゃないよ。メロウは、こんなクツ、はかないもん」

するると、小さなおばあさんが目をキラキラさせました。

「メロウだって？　もしかして、おまえはメロウの子かい？」

クーがうなずくと、おばあさんはそばへ来てニコニコしました。なんてかわいいおばあさんなんでしょう。クーの背《せ》たけの半分くらいしかなくて、まるでモグラのようです。

おばあさんが言いました。

「きょうは、何ていい日だろう！　海の辞典《じてん》のメロウのページに、またいろいろ書きこめる。さっきはおとなのメロウで、こんどは子どものメロウだよ」

クーはあわてててたずねました。

「そのおとなのメロウって、きっとぼくのパパだよ！

ぼくのパパ、どこへ行った？」

おばあさんは目をパチクリさせて言いました。

「さっきのメロウは、図書館《としょかん》の地下室から上がってきて、わたしにいろいろ話してくれてから、おまえが入ってきたそのドアから、出ていったよ。浜《はま》に出る出口だからね」

海ガメも言いました。

「ほらね。やっぱり、あなたのパパでしょ？　わたしが迷《まよ》いこんだ時、パパはここでおばあさんとおしゃべりしてたんだもの」

クーは口をとがらせました。

「でも、パパは月ガ浜《はま》に帰ってこなかったよ」

するとおばあさんが、大声を出しました。

「だとしたら、あんたのパパは出口をまちがえて、二階《かい》に上がってしまったんだよ。そうとうオッチョコチョイだね」

クーはドアを開《あ》けて階段《かいだん》をさがしました。月ガ浜の出入り口の横《よこ》に、のぼり階段があります。かけ上がりながら、クーは口の中でぶつぶつ言いました。

「パパはオッチョコチョイなんかじゃないさ。あんなに小さなほら穴《あな》、おとなのメロウは通れないもん！」

二階にも本がいっぱいならんでいます。『クジラとイルカ』、『サンゴ礁《しょう》の魚』、『船のいろいろ』、みんな海の本ばかりです。でもパパのすがたはありません。

8　小さなおばあさん

他《ほか》に出入り口もないので、クーはまたかけ上がりました。

「じゃあ、三階《がい》だ！」

三階の図書室にも四階の図書室にも、パパはいませんでした。足がくたくたになって、やっと七階まであがり、とうとう屋上《おくじょう》のドアを開けました。

強い風がふきこんで、正面《しょうめん》にドンドン山と森が見えます。横《よこ》を向《む》いて、クーはびっくりしました。海です。岩礁《がんしょう》が下に小さく見えて、カツオ鳥がすぐ近くを飛《と》んでいます。図書館《としょかん》はカツオ鳥の崖《がけ》の内がわにあるのでした。

一階《かい》の部屋《へや》にもどると、海ガメと小さなおばあさんが、パパのサンドイッチを食べ終《お》わったところでした。クーが目をむいて怒《おこ》ったら、おばあさんが言いました。

「ごちそうさま。なかなかおいしかった。さて、屋上《おくじょう》にもいなくて、月ガ浜《はま》の出口から出なかったとすると、後は地下室の……」

みなまで聞かずにクーが飛《と》び出そうとするのを、小さなおばあさんがひきとめました。

「そうバタバタするものじゃない。わたしには、おまえのパパの行き先がわかっているんだよ。おまえのパパは、地下室のトロッコ電車に乗《の》って、ドンドン山の発電所《はつでんしょ》に行ったにちがいない。

もうそろそろ、ここへ帰ってくるよ。発電所の入り口は、カギがかかっていて入れないからね」

おばあさんは、サンドイッチのお礼《れい》だといって、金色のジャムをくれました。

「なめてごらん。それは地《じ》バチのハチミツだよ。とてもあまくて、おいしいんだ。パパが帰ってくるまで、なめながらラジオでも聞いておいで」

8　小さなおばあさん

小さなおばあさんは、たなに置《お》いたラジオのスイッチをひねりました。すぐに電波《でんぱ》が飛《と》びこんできて、「こちら、ナップ島放送局《とうほうそうきょく》。昼下がりの音楽の時間です」と言いました。

おばあさんのラジオは、どこかで見たことのあるラジオでした。

「このラジオ、どこで買ったの？」

するとおばあさんが言いました。

「この前の日曜日、ドンドン山で買ったのよ」

クーは「アッ」と思いました。ガタロウの宝《たから》ハウスにあった、電池の切れたラジオに似《に》ていたのです。

「もしかして、ヤム・パパの店？」

「ええ、そう。ヤム・パパの店は大助《おおだす》かりなの」

クーはドキドキしました。この小さなおばあさんは、ガタロウの言っていた『モグリー』ではないのでしょうか？　そこで、おそるおそるたずねてみました。

「おばあさん、モグリーなの？」

小さなおばあさんは、目をまるくしてさけびました。

「おや、おまえ、モグリーを見たことがなかったの？　わたしは、モグリー地下開発会社《かいはつがいしゃ》の研究部長《けんきゅうぶちょう》シナリだよ」

その時ドアが開《あ》いて、クーのお父さんが入ってきました。

「そのとおりです、シナリさん。陸地《りくち》の地下に住《す》んでいるあなた方のことを、わたしたちメロウはまるで知りません。でも発電所《はつでんしょ》の工場から飛《と》んできたと言っているゴチャマゼクトンのせいで、メロウは病気《びょうき》になったり、魚がいなくなったりするのです。

なぜ、ドンドン山からゴチャマゼクトンが生まれるのですか？」

9　モグリーとメロウ

研究部長のシナリさんが、むずかしい顔をして言いました。

「わたしには、何のことだかよくわからない。だいたい今までも、わたしたち

9　モグリーとメロウ

モグリーには、メロウの言うことがちんぷんかんぷんなのさ。

モグリーがはじめてメロウに会ったのは、もう三十年も昔《むかし》だった。そのころわたしたちは、ずっとずっと北の大きな大《たい》陸《りく》に住んでいて、金や銀《ぎん》・宝石《ほうせき》など地下の宝《たから》を掘《ほ》り出してくらしていたのよ。

ある時、メロウの使《つか》いがやって来てこういった。『南の海のタツノコ島《じま》には、見たこともないほどのたくさんの宝がうまっている。ドンドン山の火山の熱《ねつ》を使って、地熱発電所《ちねつはつでんしょ》を作ってくれるのなら、島まで連《つ》れていってあげよう』とね。

三年の間、モグリーは夜も昼も地下を掘り進《すす》んで、地熱発電所を作りあげたけど、たくさんの宝《たから》はどこにもなかった。

しかたなく、わたしたちは電気代《でんきだい》を払《はら》ってもらうことにしたけど、メロウの電気代は、わたしたちの食べない魚や貝ばかり」

クーはおそるおそる口をはさみました。

「パイナップルは食べるのでしょう？　海洋《かいよう》会社のマナナン所長《しょちょう》が言ってたよ。電気代はパイナップルだって」

「ああ、そうだよ。でもね、クー。食《た》べ物《もの》さえあればしあわせだと思うのが、マナナンさんのいけないところなの。モグリーは、仕事《しごと》がないといらいらして、病《びょう》気《き》になる。

だから工場を作ったのさ。岩にまじったほんの少しの鉱物《こうぶつ》を集《あつ》めて、銅《どう》・鉄《てつ》・アルミニウムなど、いろいろな金属《きんぞく》を作る工場だ。

今ではあちこちの島《しま》に運《はこ》ばれて、モグリー地下開発《かいはつ》会社の名前は、メロウ海洋会社より有名《ゆうめい》さ」

クーは、ふしぎに思ってたずねました。

「でも、見えないチョウチョがドンドン山から飛《と》んできて、プップツをパイナップルに生みつけ、パイナップルを枯《か》らしてこまるって聞いたよ。モグリーの工場は、チョウチョも作っているんじゃやない？」

「見えないチョウチョ？」

お父さんもシナリさんも、顔を見合わせました。お父さんが言いました。

「シナリさん、見えないチョウチョって、何ですか？」

シナリさんも言いました。

「さてねえ……。さっきクマラさんは、海の生き物の勉強《べんきょう》をしたとおっしゃっていたわね。あなたこそ、知らないのですか？」

「海を渡《わた》るチョウチョや花にとまるチョウチョなら知っていますが、見えないチョウチョなんて……。

いったい、だれがそんなことを言ったんだい？」

お父さんがクーにたずねたので、「ガタロウのパパのヤム・パパだ」と答えると、シナリさんが言いました。

「ちょうどいいわ。まだ店が開《あ》いている時間だから、発電所《はつでんしょ》のヤム・パパの店へ行って、たずねてみましょう」

みんなで地下室へ行くと、貨車《かしゃ》のついたトロッコ電車がとまっています。どこからか、ほんのり海のにおいがしました。

シナリさんにつづいてトロッコ電車に乗《の》ろうとすると、海ガメが鼻《はな》をヒクヒクさせて言いました。

「パパも見つけてあげたし、おなかもいっぱいになったし、わたし、海に帰りたいわ」

お父さんが、トロッコ電車の向《む》こうを指《ゆび》さしました。小さなプールがあります。

「あのプールにもぐると、海につながっているよ。月ガ浜《はま》の下の青サンゴの

9　モグリーとメロウ

後ろに出られる」

びっくりして、クーはたずねました。

「パパ、海からここへ入ってきたの？」

「そうさ、イワシのたつまきに巻《ま》かれて、青サンゴの後ろの岩にぶつかったら、ほら穴《あな》があったんだ。もどろうとしたけど、たつまきの勢《いきお》いにおされてどんどん奥《おく》へ流《なが》されてしまった」

シナリさんがわらいました。

「このプールの水が塩《しお》からいので、海につながった海中洞窟《どうくつ》だとは思っていたけど、クマラさんのおかげではっきりしたのよ。わたしたちは泳《およ》げないから、調《しら》べることができなかったの」

海ガメをプールに放《はな》してやってから、クーはお父さんにもんくを言いました。

「なんで、すぐ帰ってこなかったの？　すごく心配《しんぱい》したんだよ」

お父さんは、頭をかいてあやまりました。

「ごめん、ごめん。すぐにクーをさがしに行くつもりだったけど、地下室のトロッコ電車を見たら、モグリーの工場のことが気になって。

ためしにさわってみたら、かんたんに運転《うんてん》できちゃって……」

トロッコ電車が走りだしました。真《ま》っ暗《くら》な地下道は、上がったり下がったり、右へ曲《ま》がったり左へ曲がったり、まるで迷路《めいろ》のようです。

ところどころ、みどり色のランプのついた駅《えき》があって、石のつまったコンテナがつんであります。

やがて、ひときわ明るい駅が見えてきて、「ドンドン山発電所《はつでんしょ》」と書いてありました。トロッコ電車を止めて、駅の出口のカギをあけながら、シナリさんが言いました。

「工場の製品《せいひん》をぬすまれるといけない

ので、この駅《えき》だけはカギをかけてあるのよ。製品《せいひん》の作り方や工場の機械《きかい》など、よその人にまねされたくないものもあるしね」

出口を出ると、のぼりの長いエスカレーターです。たくさんのしゃべり声が聞こえてきて、広いほら穴《あな》に出ました。熱気《ねっき》でむんむんしてよく見えませんが、どうやら食堂《しょくどう》のようです。

見わたすかぎり、テーブルがずらりと並《なら》んでいて、人がたくさんすわってい ます。シナリさんのようにビロードの服《ふく》を着《き》た、小さなモグリーたちです。

コップやお皿《さら》を持《も》って、行ったり来たりしているモグリーたちをかきわけて、シナリさんはかべぎわにクーたちを連《つ》れていきました。

白いテントがあります。テントのまわりは、特《とく》に人だかりがしています。中に入ると、毛布《もうふ》やまくら、ベッドやタンスなど、いろいろな品物《しなもの》が並んでいました。

品物には赤い値《ね》だん札《ふだ》がはってあって、「水晶《すいしょう》二コ」、「石炭《せきたん》バケツ一ぱい」、「鉄《てつ》一キロ」などと書いてあります。子どものキンキン声が、せわしくさけんでいました。

「さあ、いらっしゃい、いらっしゃい！　安《やす》いよ、安い！　大安売りのヤム・パパの店！」

ガタロウでした。シナリさんがたずねました。

「ヤム・パパはどこ？」

すると、並《なら》んだガラスびんの向《む》こうから、大きなヤム・パパが立ち上がりました。

「やあ、シナリさん！　いつもおせわになっています。きょうは、何をおさがしですか？　ヤム・パパの店には何でもありますよ」

10 見えないチョウチョ

シナリさんの後ろから、クーとお父さんがすがたをあらわすと、ヤム・パパはしぶい顔になりました。

「おや、技師《ぎし》のクマラさん！　どうして、こんなところへ？」

シナリさんが、かわりに答えました。

「メロウ海洋《かいよう》会社のクマラさんは、わたしたちの工場のことで、もんくを言いに来られたのです。発電所《はつでんしょ》から飛《と》んできたというゴチャマゼクトンのせいで、病気《びょうき》になったり、魚がいなくなったってね。モグリーの工場でチョウチョを作っているって、あなたがおっしゃったそうね」

青い顔になって、ヤム・パパがしきりに手をすり合わせました。

「そんなこと、言うわけがありません。工場でできるのは、鉄《てつ》や石炭《せきたん》、電池にプラスチック……。みんな役《やく》にたつ品物《しなもの》ばかりで、メロウ海洋会社のみなさんもわしらも、便利《べんり》に使《つか》わせてもらっていますよ」

ガタロウが、ヤム・パパの手をひっぱって言いました。

「父ちゃん、目に見えないチョウチョのことだよ、きっと！　ドンドン山から飛《と》んできて、バナナやパイナップルを枯《か》らす、あのチョウチョ！」

シナリさんが、まゆをよせてたずねました。

「ガタロウは、そのチョウチョを見たことあるの？」

ガタロウは首を横《よこ》にふりました。

「ううん。だって、目に見えないチョウチョなんだもん」

シナリさんがわらいだしました。

「見えないチョウチョが、どうしてバナナやパイナップルを枯らしたとわかるの？　ガタロウは、ゆめでも見たんじゃない？」

ヤム・パパはこまったような顔をしましたが、すぐにわらって言いました。

「そうですとも。子どもの言うことなど、いいかげんなものです」

ガタロウが口をとがらせました。

「目に見えないチョウチョが飛んでくるって言ったのは、父ちゃんだよ！」

10　見えないチョウチョ

クーも口をとがらせました。

「チョウチョは見たことないけど、チョウチョの卵《たまご》は見たよ。卵からかえって大きくなったって、ゴチャマゼクトンも言ってたんだ。発電所《はつでんしょ》の工場から飛《と》んできて、ビートルナッツを食べるんだって。バナナやパイナップルを食べて大きくなる子もいるって」

ヤム・パパが、クーとガタロウをなだめました。

「わかった、わかった。でも、ゴチャマゼクトンの親は、見えないチョウチョなんだから、工場から飛んできたという証拠《しょうこ》がないんだよ。確《たし》かでないことを、もんく言ってはいかん！　シナリさんにあやまりなさい！」

気がつくと、まわりにモグリーたちが集《あつ》まっています。ひとりが言いました。

「シナリ部長《ぶちょう》、ぼくらの工場を調《しら》べてもらおう。ぼくらが、チョウチョなど作っていないことがすぐにわかるさ」

モグリーたちをぞろぞろ引きつれて、クーのお父さんが工場を調べることになりました。ヤム・パパが、お父さんにささやきました。

「モグリーを怒《おこ》らせたら、電気をとめられてしまいますよ。まちがいだったと、

てきとうにあやまったほうが幸《しあわ》せというものです」
モグリーの工場は、食堂《しょくどう》をめぐる岩のうらに、まるでハチの巣《す》のようにいくつもならんでいました。飛行機《ひこうき》に使《つか》うジュラルミンの工場、電車や自動車《じどうしゃ》に使う鉄《てつ》の工場、コインやおなべにする銅《どう》の工場、コップを作るガラス工場。電池、おしろい、紙の工場までありまず。ドンドン山の、火山の熱《ねつ》で作った電気で、いろいろな機械《きかい》を動《うご》かしているのです。
クーもお父さんも機械が苦手《にがて》です。でも、工場でできた品物《しなもの》の中に、チョウチョらしい物はありませんでした。

10　見えないチョウチョ

お父さんが、「うーん」と考えこみました。

「目に見えないチョウチョか……。やっぱり、そんなものはいないよな」

その時、てんじょうから「ポタリ」としずくがたれて、お父さんの頭をぬらしました。てんじょうを見上げて、お父さんがたずねました。

「光が見えますね？　シナリさん、あれは？」

シナリさんも見上げて答えました。

「ドンドン山のおなかに開《あ》けた、排気口《はいきこう》ですよ。機械《きかい》が回ると暑《あつ》くなるので、熱《あつ》い空気を外へ出しているのです」

「熱い空気を出す？」

お父さんはまた考えこんで、ヤム・パパに言いました。

「外へ出て、ドンドン山を見

たいのだけど。近くからながめられる場所《ばしょ》を知っていますか？」

ガタロウがヤム・パパに言いました。

「父ちゃん、この前、ぼくに言ってたろ？　ドンドン山に来るとちゅうの、見晴らし岩からチョウチョがよく見えるって」

気乗《きの》りのしないヤム・パパをせきたてて、シナリーさんとクーたちは出かけました。発電所《はつでんしょ》の駅《えき》からトロッコ電車に乗って、ドンドン山トンネル口まで行きます。そこで、ヤム・パパのトラックに乗りかえるのです。

山すそからわき出したドンドン川にそって、サゴヤシやシダの森の中を、トラックは進《すす》みます。

やがて峠《とうげ》にかかりました。登《のぼ》りきる少し手前に、大岩《おおいわ》が谷につき出ています。ヤム・パパがトラックをとめました。

「この見晴らし岩から、ドンドン山がよく見えますが、チョウチョがいつも見えるとはかぎらないのでね」

お父さんとシナリさんは、並《なら》んで見晴らし岩に立ちました。岩の下はうっそうと木々がしげっていて、黄色やピンクのランの花がさいています。「ギャー

10　見えないチョウチョ

ギャー」という鳴き声や「バサバサ」というつばさの音がしました。

「あっ、もしかして、でっかいチョウチョ？」

クーが大声をたてると、おどろいてインコやオウムが飛《と》び立ち、その後からくちばしの大きな鳥が舞《ま》い上がりました。ガタロウがわらいました。

「ドラゴン鳥だよ。くちばしの上に角があったろ？」

ドラゴン鳥が飛《と》んでいった方角《ほうがく》には、みどりの森の上に、ドンドン山が赤くそびえて見えます。そろそろ日がかげって来て、火口の煙《けむり》がむらさきの影《かげ》を落《お》としていました。

シナリさんがぶつぶつ言いました。

「見えないチョウチョが飛《と》んでいたとしても、どうやって見るのです？　雲をつかむような話ですね」

その時、ガタロウがさけびました。

「あっ、チョウチョだ！　父ちゃん、チョウチョが出てきた！」

ガタロウの指《ゆび》さす方向《ほうこう》に、何か黄色いものがだんだん大きくなってきました。

ドンドン山の中腹《ちゅうふく》に、まるで水でもわき出すように、黄色い雲が生まれたのです。

黄色い雲は右と左にどんどん広がって、羽がはえたようにひらひらとゆれています。クーは思わずさけびました。

「ほんとうだ！　チョウチョだ！」

シナリさんが、あっけにとられて言いました。

「チョウチョ？　あれが見えないチョウチョ？　バカバカしい！　ただの雲よ。それとも、火山の煙《けむり》かも……」

チョウチョの形をした雲はどんどん広がって、見晴らし岩に近づいて来ます。もう、うすいもやのようになって、チョウチョの形は見えません。雲が過《す》ぎる時、雨のようにパラパラと何かが落《お》ちてきました。

10　見えないチョウチョ

トラックの屋根《やね》から、ヤム・パパが落ちたものを拾《ひろ》い集《あつ》めてきました。小さな黄色いつぶです。

「これが、見えないチョウチョの卵《たまご》・プツプツです。赤や青、黒の時もありますよ。いったい、どこからやって来るのか……」

お父さんがさけびました。

「わかった！　ドンドン山の中腹《ちゅうふく》にある排気口《はいきこう》から、あのチョウチョは出てくるんだ！　工場の排気ガスじゃありませんか？」

シナリさんが、細い鼻《はな》をヒクヒクさせて言いました。

「工場は、排気ガスを作っているのじゃありません。かってに出ていくガスのことなんか、わたしたちの知ったことじゃないわ！」

あわててシナリさんをトラックに乗《の》せて、ヤム・パパがクーとお父さんに言いました。

「シナリさんを怒《おこ》らせたら、わしの店はつぶれてしまう。メロウのとばっちりを受《う》けるのはごめんだよ。あんたたちは歩いて西うらへ帰っておくれ」

お父さんがつぶやきました。

「やれやれ、しかたがない。ドンドン川を泳《およ》いで帰って、月ガ浜《はま》のカヌーはあした取《と》りに行こうか」

でも泳ぐわけにはいきませんでした。見えないチョウチョが飛《と》んだのを、今見たばかりです。こんな日は、ドンドン川にゴチャマゼクトンがいっぱいです。ヤム・パパも言っていました。「歩いて帰れ」ってね。

11 ナップ島《とう》のおみやげ

つぎの日曜日、ナップ島から大型《おおがた》の定期《ていき》カヌーがやって来ました。メロウの住《す》んでいる島《しま》じまをまわる連絡船《れんらくせん》です。お母さんと妹のペッペが、とうとうやって来たのです。

ペッペがいちばんに降《お》りてきて、クーに飛びつきました。

「おにいちゃん、おみやげ、いっぱいだよ！」

11　ナップ島のおみやげ

さんばしでクーをだきしめて、お母さんが言いました。

「おそくなってごめんね。やっと、代《か》わりのお医者《いしゃ》さんが来てくれたわ」

クーのお母さんは、メロウのお医者さんでした。お父さんにたのまれていた、海草の苗《なえ》や貝やエビの赤ちゃんなどといっしょに、薬《くすり》や手術《しゅじゅつ》の道具箱《どうぐばこ》も持《も》ってきていました。たくさんの荷物《にもつ》が、どんどん陸《りく》あげされます。

お母さんは、荷物をメモと照《て》らしあわせてから、いちばん大きな包《つつ》みをクーにくれました。

「はい、おみやげよ。ほしがっていたもの」

わくわくしながら、砂浜《すなはま》で包み紙《つつ》をといていると、ガタロウがやって来ました。

「連絡船《れんらくせん》が来たから、見に来たんだ。それ、何？」

包み紙の中から、子ども用のカヌーが出てきました。ガタロウがうらやましそうに言いました。

「いいなあ！　赤いカヌーだ……」

ペッペが、ガタロウの顔をまじまじと見て言いました。

「おにいちゃんの友だちの、ガタロウでしょう？　あたし、ペッペ。あんたにも、おみやげ、あるよ」

お母さんがにこにこして、小さな包みをさし出しました。

「ガタロウくん、いつもなかよくしてくれて、ありがとう。クーが手紙でたのんできたプレゼントよ」

ガタロウは真《ま》っ赤《か》になって、どぎまぎしたようすでおみやげを受《う》け取《と》りました。クーが、ガタロウをせかしました。

「早く開《あ》けてみてよ。きっと気にいるよ」

包みを開けて、赤い三角の帽子《ぼうし》が出てくると、ガタロウは大声を出しました。

11　ナップ島のおみやげ

「あっ、メロウ帽《ぼう》だ！　これをかぶったら、平気《へいき》で海にもぐれるんだ！」

ガタロウは、メロウ帽を持《も》って飛《と》びはねました。

「もぐれる！　もぐれる！　海にもぐれる！」

連絡船《れんらくせん》が行ってしまった後、クーとペッペとガタロウは、クーのカヌーに乗《の》って、西うらの海に出ました。ガタロウが言いました。

「このカヌーに名前をつける？　カッパ号《ごう》にしない？」

クーはもんくを言いました。

「カッパ号って、ガタロウの船の名前だろう？　すぐにこわれちゃったんだから、もっといい名前にするよ」

ペッペが言いました。

「ナップ島《とう》から持《も》ってきたんだから、ナップ号は？」

こんどは、ガタロウがもんくを言いました。

「ここは、ナップ島じゃないよ。タツノコ島《じま》なんだ」

「じゃあ、タツノコ号にしようか」

クーが言うと、ペッペもガタロウも「うん！」とうなずきました。

タツノコ号《ごう》で、外海をさえぎっているサンゴ礁《しょう》の手前まで行き、クーとペッペは海に飛《と》びこみました。ガタロウは、赤いメロウ帽《ぼう》をおそるおそるかぶって、カヌーの上でもじもじしています。

クーは、カヌーのへりにつかまってよびました。

「何してるの。早くおいでよ」

するとガタロウは、メロウ帽をまたかぶり直して、しんぱいそうに言いました。

「ほんとにだいじょうぶ？　鼻《はな》がツンツンしない？」

「だいじょうぶ！　メロウ帽をかぶっているもん」

それでもガタロウがもじもじしているので、ペッペがおもしろがって、カヌーをゆすりました。

海に落《お》ちそうになって、ガタロウがさわぎました。

「やめろよ！　やめろって！　ぼく、海は苦手《にがて》なんだから！」

しかたがないので、クーはガタロウに手をかしました。クーの肩《かた》につかまって、ガタロウがそろそろと海に入った、そのとたん、ペッペがもぐって、ガタロウの足をひっぱりました。

「キャアー、助《たす》けて！」

ガタロウは海の中へブクブクとしずんで、むちゅうでもがきました。でもそのうち、ふいに気づきました。鼻《はな》がツンツンしないのです。目も痛《いた》くありません。それどころか、思いっきり息《いき》を吸《す》いこんでも、水が鼻に入らないのです。

「あれ？　どうしたの？」

ガタロウがびっくりしているので、クーが教えました。

「メロウ帽《ぼう》をかぶると、顔のまわりに空気の玉ができるんだ。だから水の中でも息ができるのさ」

すぐになれて、ガタロウは海底《かいてい》の砂《すな》を掘《ほ》りはじめました。

「海の中に、ぼくらのお城《しろ》を作ろうぜ。塔《とう》や城壁《じょうへき》で、敵《てき》を防《ふせ》ぐんだ」

サンゴ礁《しょう》から石を運《はこ》んで、クーはガタロウに言いました。

「石で、門を作ろうよ」

ペッペがよこどりしました。

「大広間に、女王さまのイスとテーブルがいるの。門は、後でいい！」

クーとガタロウがたずねました。

「女王さま？　王さまじゃないの？」

するとペッペは、すまして言いました。

「おにいちゃんもガタロウも、王さまになりたいでしょう？　お城《しろ》に王さまが二人もいるとこまるから、女王さまがいいわ。

だって女はわたしだけだもの」

女王さまのペッペが、白いサンゴ石のイスにすわって、「もっと高く」だの、「もっと広く」だの、家来《けらい》のクーやガ

11　ナップ島のおみやげ

タロウを働《はたら》かせている間に、お父さんのクラ号《ごう》もやって来ました。

家来《けらい》の仕事《しごと》をほうり出して、クーとガタロウは浮《う》かびあがりました。クラ号にはお母さんも乗《の》っていて、ナップ島《とう》から運《はこ》んできた海草の苗《なえ》や、海の生《い》き物《もの》の水槽《すいそう》をつんでいます。クーがたずねました。

「何するの？」

お父さんが答えました。

「この入り江《え》に、海草の牧草《ぼくそう》を植《う》えるんだ。手つだってくれるかい？」

ガタロウもおもしろがって、クーといっしょに、お母さんから苗をうけとりました。

「いいよ。ぼくも手つだってあげる」

先のとがった棒《ぼう》を持《も》って、お父さんも海に入り、クーとガタロウに言いました。

「ぼくがあなを掘《ほ》るから、きみたちは苗の根《ね》っこを入れて、砂《すな》をかぶせておくれ。苗が浮きあがらないように、まわりに小石をのせておくんだよ」

みどり色の海草の次は、岩場にサンゴ虫を植えつけます。まだ手のひらほどの小さなサンゴ虫のかたまりですが、だんだんふえて、岩のようなサンゴにな

るのです。

ペッペが、クラ号《ごう》のお母さんからイソギンチャクをもらいました。

「きれいだから、メロウ帽《ぼう》につけとこう！」

ペッペの帽子には、ナップ島《とう》のワツナギ草がつけてありますが、その横《よこ》にイソギンチャクがならびました。

ガタロウがまねをして、お母さんからフジツボをもらいました。角みたいに二つ、メロウ帽にならべたのです。

浜《はま》が夕焼《ゆうや》け《け》で金色にかがやくころ、クラ号とタツノコ号は海から引き上げられました。お母さんが言いました。

「ガタロウくん、お手つだいしてくれたから、いっしょにご飯《はん》食べていかない？　今夜の夕飯《ゆうはん》は、ナップ島で取《と》れたカジキのステーキよ」

ガタロウはゴクリとつばをのみこんでから、残念《ざんねん》そうに言いました。

「父ちゃんにしかられるから、帰らないといけないんだ。

おじさん、おばさん、クーと遊《あそ》んだこと、父ちゃんにはないしょだよ」

12 嵐《あらし》の後の朝

一週間かけて、お父さんとお母さんは西うらの海に生《い》き物《もの》を放《はな》しました。貝やエビ、カニやウニなど、魚の食べ物になる生き物です。

毎日見回りに行くお父さんを見て、海洋《かいよう》会社のマナナン所長《しょちょう》が言いました。

「魚がもどって来たら、いちばんにおくさんに料理《りょうり》してもらって、みんなでパーティーをしたいね」

お母さんがわらいました。

「いちばんはじめに見つけた魚は、海の神《かみ》さまのお使《つか》いだから取《と》ってはいけないんですよ。でも二ばんめは、マナナンさんのごちそうにしますわね」

ガタロウは、メロウ帽《ぼう》をあげた日から遊《あそ》びに来ていませんでしたが、クーはぜんぜんさびしくありませんでした。お母さんとペッペが来て、海草や海の生《い》き物《もの》もふえ、西うらがにぎやかだったからです。

所長室《しょちょうしつ》で、ボールペンギン・ガボンとばかり話をしていたマナナンさんも、浜《はま》へ出てくるようになりました。

マナナンさんは自分ではもう海に入らず、かぶったメロウ帽もひからびていましたが、毎日お父さんに海の中のようすをたずねました。お父さんは、うれしそうに答えていました。

「牧草《ぼくそう》はみるみる大きくなって、サンゴも広がっています。エビもふえて、順《じゅん》調《ちょう》ですよ。もうすぐ、魚たちももどって来るでしょう」

ところがある日、夜の間に嵐《あらし》がやって来ました。島《しま》がしずんでしまいそうなほど、はげしく雨風がふき荒《あ》れて、一晩《ひとばん》じゅう眠《ねむ》れませんでした。

朝がた、少しうとうとしていたら、いつのまにか嵐が過《す》ぎていて、陽《ひ》が射《さ》し

12　嵐の後の朝

はじめました。お父さんが起《お》きだして、メロウ帽《ぼう》をかぶりました。

「苗《なえ》が気になる。だいぶ流《なが》されただろう」

お母さんも、スコップを取り出して言いました。

「わたしも手つだいますわ。きっと、根《ね》が浮《う》きあがっているでしょう」

「ぼくも手つだう！」

クーが起きだすと、ペッペもメロウ帽をかぶりました。

「置《お》いていかないで！　あたしも行く！」

四人で浜《はま》へ出て、思わず「あっ！」とおどろきました。

西うらの浜の波打《なみう》ちぎわに、赤や黄色、茶色やみどり、黒など、色とりどりのペンキの山がうちよせられています。しかも、入り江《え》の海から、たくさんのさわがしい歌声が聞こえました。

「ゴチャ・ゴチャ・ゴチャマゼ！

あいつもこいつも　仲間《なかま》にしようぜ。

ペンキの家なら　どこでもくっつく。

元気で　なかよし　くっつき仲間。

ぼくら　陽気《ようき》な　ゴチャマゼクトン！」

見渡《みわた》すかぎり、海はゴチャマゼクトンでうめつくされていました。手をつなぎあって、水上スキーのように走りまわる者《もの》、浮《う》かび上がったり、ケラケラわらいながら波乗《なみの》りをしている者、嵐《あらし》で切れた海草の両《りょう》はしを持《も》って、水上綱《つな》ひきをしている者、貝がらのボートでのんびり浮いている者、まるでゴチャマゼクトンの海水《かいすい》浴場《よくじょう》のようでした。

　お父さんは、あわててマナナンさんを起《お》こしにいきました。ねぼけまなこで出てきたマナナン所長《しょちょう》は、あきれてさけびました。

「何たるさわぎだ！　あいつらは、西うらを乗《の》っ取《と》るつもりだ。クマラくん、出ていくように言いたまえ！　言うとおりにしないのなら、ガ

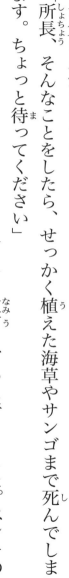

12　嵐の後の朝

スバーナーで焼《や》きつくすとな」

お父さんがあわてました。

「所長《しょちょう》、そんなことをしたら、せっかく植《う》えた海草やサンゴまで死《し》んでしまいます。ちょっと待《ま》ってください」

お父さんは波打《なみう》ちぎわに行きました。ペンキの山のてっぺんで、少しおとなのゴチャマゼクトンが、エレキ・ギターをひいています。「バリバリ・ベリベリ」と、ひどい音です。

お父さんは耳をおさえて、大声を出しました。

「ちょっと音楽をやめて、聞いてくれないかい？」

三度《ど》めにやっと聞こえたとみえて、ギターひきのゴチャマゼクトンがエレキ・ギターをとめました。

「なーに？　おじさん、何か用？」

「ええっと、その、ここでこんなにさわいでもらってはこまるんだ。ここは船着場《ふなつきば》で、遊《あそ》ぶ所《ところ》じゃないからね」

するとと、ギターひきのゴチャマゼクトンが言いました。

「固《かた》いこと、言うなって。船なんか来ないよ。ぼくらが浮《う》いている海は、船のスクリューをこわしてしまうんだから」

マナナンさんが、横《よこ》から口を出しました。

「わしらメロウのカヌーに、スクリューなんかない！　おまえらが浮いていたって、け散《ち》らして進《すす》むわい！」

「ぼくらをけ散らすだって？　じいさん、ケンカを売るつもりかい？　できるかどうか、やってみなよ！」

ギターひきが怒《おこ》りだしたので、お父さんは急《いそ》いで言いました。

「君《きみ》たちとケンカする気はないよ。ただ、こんなにびっしり、君たちが浮いていると、海底《かいてい》の牧草《ぼくそう》やサンゴが息《いき》できなくなる」

波打《なみう》ちぎわで遊《あそ》んでいた、他《ほか》のゴチャマゼクトンがワイワイ言いました。

「海の底《そこ》に、ぼくらがペンキの家を作った時には、何も言わなかったくせに、ぼくらが浮かんで遊ぶと、なぜもんくを言うのさ」

クーは、お父さんのみかたをしました。

「海の底《そこ》のペンキの家にいる時は、君《きみ》たちしずかだったからさ。どうして上がってきたの？」

ゴチャマゼクトンたちが、口ぐちに言いました。

「だって、嵐《あらし》が来て、ぼくらの家をこわしちゃったんだもん。新しい家ができるまで、ここで海水浴《かいすいよく》してるんだ！」

マナナンさんが言いました。

「なるほど、かれらもきのどくな身《み》の上だ。しかたない。しばらく西うらを貸《か》してやるか」

お父さんが、目をむきました。

「マナナン所長《しょちょう》、このまま一週間もすれば、牧草《ぼくそう》は全滅《ぜんめつ》ですよ。せっかくエビや貝もふえて、魚がもどるかもしれないのに」

マナナンさんはうでぐみをして、考えこみました。

「そりゃあ、カンづめや冷《れい》とうの魚より、取《と》れたての魚のほうがうまいに決《き》まってる。でも、クマラくん、ガスバーナーで焼《や》くのを反対《はんたい》したのは君だよ。

他《ほか》にいい考えもないし、わしは当分カンづめでがまんするさ」

クーはお父さんに言いました。

「パパは、学校で海の勉強《べんきょう》をしたのでしょう？　ゴチャヤマゼクトンを追《お》い出す方法《ほうほう》は、習《なら》わなかったの？」

お父さんは、こまったように頭をかきました。

「習ったのかもしれないけど、テストの前にチョコチョコと勉強しただけだからな……。でも、ゴチャヤマゼクトンみたいな生《い》き物《もの》、本にのっていたかなあ？」

お母さんが言いました。

「今は、もっといろいろな本が出ているわ。ナップ島《とう》の図書館《としょかん》なら、ゴチャヤマゼクトンのことがわかるかもしれない」

図書館と聞いて、クーはいいことを思いつきました。

「パパ、海の図書館！　モグリーのシナリさんの図書館でさがしてみようよ！」

お父さんの目がパッとかがやいて、すぐに暗《くら》くなりました。

「モグリーか……。シナリさん、ぼくの言ったことで、気を悪《わる》くしているみたいだからな……。図書館の本を見せてくれるだろうか？」

せっかくいい考えだと思ったのに、クーも自信《じしん》がなくなりました。モグリーの工場から出る排気《はいき》ガスが、ゴチャマゼクトンの親だと言ったら、シナリさんはふきげんになったのです。

お母さんが言いました。

「海の図書館《としょかん》のシナリさんという方と、ケンカでもしたの？　じゃあ、わたしが行って、本をさがしてみましょうか？」

ペッペも、大喜《おおよろこ》びしました。

「あたしも行く！　絵のいっぱいある本、見てくる！」

うまくいくかもしれないと、クーは思いました。シナリさんは勉強家《べんきょうか》で、自分の知らない海のことを知りたくて、調《しら》べて本を書いたり、本を集《あつ》めたりしています。女のメロウと女の子のメロウが行けば、喜んで話をしたがるでしょう。話のお礼《れい》に、図書館の本を見せてくれるかもしれません。

13　海の図書館《としょかん》

クラ号《ごう》で月ガ浜《はま》へ行き、お父さんとクーは、お母さんとペッペを海の図書館に案内《あんない》しました。おとなのお母さんは大きすぎて、クロトンのしげみの奥《おく》にある、月ガ浜の入り口からは入れません。

月ガ浜の海の下の、岩だなまでもぐっていき、折《お》れた青サンゴの後ろをていねいにさがすと、お父さんの吸《す》いこまれたほら穴《あな》が見つかりました。びっしり生えたアマモがゆらゆらして、すぐにはわからないのです。

ペッペが、お父さんの手につかまって言いました。

「海の中のほら穴って、サメやお化《ば》けガニがいるんじゃない？」

お父さんがわらいました。

「いるかもしれないな。でも、この海中洞窟《どうくつ》はせまいから、サメは入りたがらないだろうね。中は暗《くら》いよ。海中メガネの用意《ようい》！」

お父さんの言うとおりに、みんなはメロウ帽《ぼう》についたメロウ・メガネをおろしました。深《ふか》い海や夜の海にもぐる時、あたりを見るためのメガネです。

　しりごみしているペッペの手を引っぱって、お父さんが先頭に立ち、クーとお母さんがつづきました。ほら穴《あな》は真《ま》っ暗《くら》で、プランクトンも何もいません。まるで井戸《いど》のようにまっすぐ上にのびていて、シッポを動《うご》かさなくても、自然《しぜん》に上っていけます。

　しばらくすると、急《きゅう》にほら穴が広くなりました。上にうす明るい水面《すいめん》が見えます。一足先にぽっかりと浮《う》きあがった、ペッペの声が聞こえます。

「あれ、何《なあに》？」

お母さんといっしょに浮《う》きあがって、クーが教えました。

「トロッコ電車だよ。地面《じめん》の下を走って、石炭《せきたん》や石を運《はこ》ぶんだ」

お母さんが、びっくりしたように言いました。

「いったい、ここはどこなの？　陸《りく》なのか、海なのか……。電灯《でんとう》がついているから、ビルの地下室かしら？」

クーはちょっととくいになって、お母さんにも教えました。

「ここは、海の図書館《としょかん》の地下室なんだ。七階《かい》まである、大きな図書館だよ。屋《おく》上《じょう》まで上がってみるとわかるけど、この図書館は、崖《がけ》の中のほら穴《あな》にできているんだよ」

ペッペがさわぎました。

「屋上って、高いの？　あたし、上がってみたい！」

お母さんが、ペッペの手をひっぱって言いました。

「まず、図書館のシナリさんにあいさつして、シナリさんがいいっておっしゃったら、クーに連《つ》れていってもらいなさい。それまではだめよ」

13　海の図書館

お父さんを地下室に残《のこ》して、クーはお母さんとペッペを案内《あんない》しました。

一階《かい》の図書室の、ドアの窓《まど》ガラスからのぞくと、シナリさんは熱心《ねっしん》に本を調《しら》べているところです。机《つくえ》やたなには、開《ひら》いた本が山ほど積《つ》んでありますす。

クーはドアを少し開《あ》けて、おそるおそるノックしました。

「こんにちは、シナリさん。ちょっと、いいですか？」

するとシナリさんは、ぶ厚《あつ》いメガネをかけた、マッチ棒《ぼう》のような鼻《はな》をあげました。

クーだとわかると、シナリさんはしぶい顔をしました。

「きょうは、何のもんくを言いに来たの？」

クーがへどもどしていると、いきなりペッペが顔を出しました。

「おばさん、この図書館《としょかん》の先生？　あたし、お兄ちゃんに聞いてきたんだけど、屋上《おくじょう》へ上がってもいい？　七階なんて、上がったことないの」

シナリさんのぶ厚いメガネの奥《おく》で、虫ピンのような目がかがやきました。

「あら、もしかして、あんたはメロウの女の子？」

お母さんの手をふりほどいて、ペッペはシナリさんのそばへかけて行きました。

「そうよ。あたし、メロウの女の子。お母さんは、メロウの女よ」

お母さんがあわてて中へ入り、ニッコリしてあいさつしました。

「はじめまして！　とつぜん、おたずねしてすみません。わたしは、クーの母親のカマラと申《もう》します。先日、ナップ島《とう》から来たばかりですが、シナリさんがメロウのことを知りたがっていらっしゃると、クーから聞いたものですから……」

シナリさんがメガネをはずして、あわてて立ち上がりました。

「ええ、ええ。知りたいと思っていますとも。実《じつ》は、メロウの本を書こうとしているところなんです。この前、クーのお

13　海の図書館

父さんから、メロウの漁《りょう》の話を聞くことができましたが、女性《じょせい》のメロウはどんなくらしをしているのか、子どもはどういう遊《あそ》びをするのか、いろいろ知りたいことがまだまだたくさんあります」

お母さんが、シナリさんの質問《しつもん》に答えている間、クーとペッペは屋上《おくじょう》に行ってもよいことになりました。

はじめは、いせいのよかったペッペですが、そのうち疲《つか》れて、「まだ着《つ》かないの？　まだ？」ともんくばかり。でも、屋上のドアを開《あ》けたとたん、ペッペのきげんが直りました。

「すごい風！　わあ、高いんだ！　海があんなに下に見える！　ナップ島《とう》も見えるかなあ？」

ペッペが、ドンドン山のことを何も聞かないので、クーは指《ゆび》さして言いました。

「竜《りゅう》が首をあげているみたいに、白いけむりをはいている山があるだろう？　ドンドン山だよ。ここの地下室から、トロッコ電車で行けるんだ」

ペッペはつまらなさそうに言いました。

「岩ばっかり！　お花もさいていない！　あっ、白い花、見いつけた！」

屋上《おくじょう》の手すりからからだをのり出して、ペッペが丸まった白いものをつかみました。でもそれは、フワフワの綿毛《わたげ》でした。

「お兄ちゃん、あっちに、もっといっぱい落《お》ちてる！」

ペッペが腹《はら》ばいになって、思いっきり手をのばそうとすると、いきなり「キュッ、キュッ」と声がしました。白い綿毛のかたまりが鳴いて、バタバタ動《うご》きはじめたのです。
空から。「グワッ、グワッ」と大きな声が近づいてきて、白い顔のカツオ鳥が降《お》りてきました。
クーは首をすくめて言いました。
「ペッペ、手をひっこめないと、カツオ鳥のお母さんにつっつかれるよ。それ、カツオ鳥の赤ちゃんじゃないか」

13　海の図書館

ペッペは手をひっこめながら、くすくすわらいました。

「怒《おこ》っていても、ちっともこわくないよーだ！　カツオ鳥って、カーニバルのお面《めん》、かぶっているみたいだもん！」

そのうち、青いお面のお父さん鳥も帰ってきて、いっしょにさわぎたてるので、クーとペッペは屋上《おくじょう》から降《お》りることにしました。

降りる時の、ペッペの元気のよいこと！

カツオ鳥よりさわいで、大声でしゃべっています。

「お母さん、いいもの見ちゃった！　ねえ、へんなお面をかぶった鳥がいたよ！」

一階《かい》の図書室では、シナリさんのきげんがよさそうだったので、思い切ってクーはたのんでみました。

「シナリさん、図書室の本、借《か》りて読んでもいい？」

お母さんも、そ知らぬ顔で言いました。

「わたしにも、ぜひ読ませてください。わたしたちの海のことを、もっと知りたいのです」

シナリさんの海の図書館《としょかん》には、ふつうの本の他《ほか》にも、めずらしいものがありました。

木の皮《かわ》に描《えが》いた星の絵、貝がらに書いた文字。竹の棒《ぼう》を組み合わせて、ところどころにタカラ貝をむすびつけたマットなど。

お母さんが、なつかしそうに言いました。

「このマットは、メロウが海を旅行《りょこう》する時の古い地図で、『メロウの海図』と呼《よ》ばれているものよ。今では、この海図を読めるメロウはいないけど、おじいさんはいつもだいじにしていたわ」

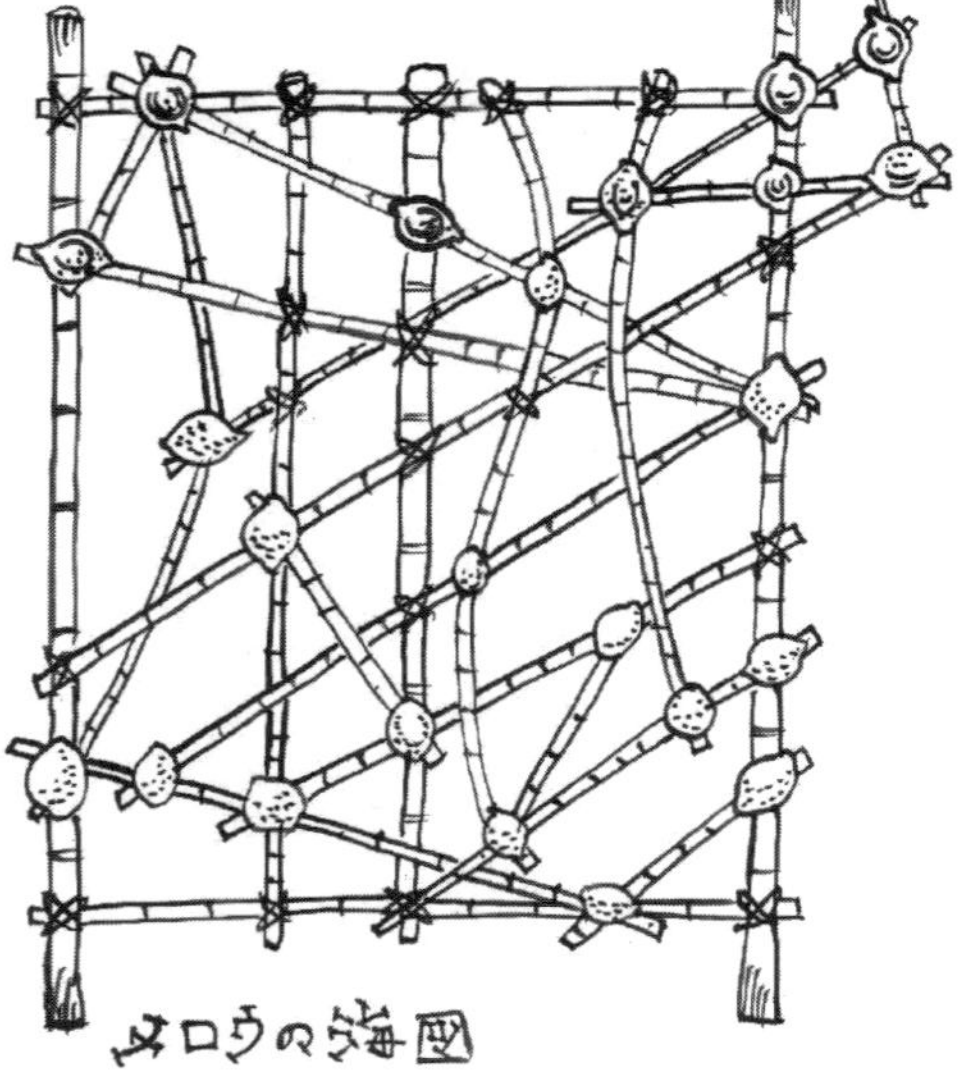

ペッペがたずねました。
「この星の絵は、何《なあに》？」
クーも言いました。
「絵の下に字があるけど、読めないや」

13　海の図書館

お母さんは、絵の下の文字を読んで、話してくれました。

「天に上がったイルカの、星ものがたりよ。

昔《むかし》、イルカは北の風に乗《の》って、尾《お》をちょっと上げては、海を泳《およ》ぎまわっていたんですって。でもある時、海から顔を出して、頭をぐるぐる回しながらあたりを見たの。すると、お月さまがイルカにたずねたんですって。

『イルカよ、イルカ。おまえはわたしを食べる気かい？』

『そうですとも、お月さま。あなたは、まるで魚の卵《たまご》のよう』

そう答えて、イルカは高くジャンプしたの。お月さまを食べようとしてね。

ひと口かじられてお月さまは怒《おこ》り、天から雷《かみなり》を落《お》としたんですって。それでもイルカは飛《と》びつづけ、ちょうど天の頂上《ちょうじょう》に着《つ》いた時、雷に打《う》たれて死《し》んでしまったのよ。

死んだイルカのおなかから落ちて、海に入ったのが魚たちなんですって。生《い》き物《もの》は、死んだからといっていなくなるわけではないの。姿《すがた》を変《か》えて、わたしたちの所《ところ》へもどって来るわ。

だから、世界《せかい》にあるものはみんな古い知り合いなのよ」

14　ダム湖《こ》の宝物《たからもの》

海の図書館《としょかん》で、ゴチャヤマゼクトンの本は見つかりませんでした。海を渡《わた》るチョウチョの本も見ましたが、見えないチョウチョは、のっていませんでした。七階《かい》までぎっしり本のつまった図書館ですから、見つけられないのはあたりまえかもしれません。

シナリさんに、「図書館《としょかん》を閉《し》める時間だ」と言われて、クーもお母さんもがっかりしました。

お母さんが言いました。

「また、あした、この図書館で本を読んでもいいでしょうか？」

シナリさんが、くすくすわらいをしました。

「ずいぶん、熱心《ねっしん》ですこと。いつでもいらしてください。でも、これだけたくさんの本ですから、みなさんの読みたい本に出会えるかどうか……。

とりあえず、わたしのおすすめする本を、読んでいただけませんか？　海草で作った紙でできているそうですが、読み方がわからなくてね。メロウのみなさんなら、海草のことはおくわしいでしょう？」

シナリさんがさし出した本は手のひらに乗《の》るほど小さくて、しなびた昆布《こんぶ》の束《たば》のようです。いったい、これは何なのでしょうか？　いくらメロウだからといっても、こんな本を見たことはありません。

けれどもお母さんは、シナリさんとなかよくしたいので、本をあずかって海の図書館《としょかん》を出ました。

地下室のプールへもどると、待《ま》っていたお父さんがなぐさめてくれました。

「あしたも、海の図書館に行けるんだろう？　それだけでもりっぱなものさ。そのうち、目指《めざ》す本が見つかるかもしれないよ」

海中洞窟《どうくつ》をぬけて、月ガ浜《はま》のクラ号《ごう》にもどると、妹のペッペが言いました。

「シナリさんが貸《か》してくれた海草の本、見てみようよ」

ぬらさないように、メロウ帽《ぼう》の中にしまった本を、お母さんがとり出しました。ペラペラとめくってみましたが、表紙《ひょうし》も中も何も書いていなくて、お化《ば》けみたいにのっぺらぼうです。ペッペとクーはがっかりして、口々に言いました。

「字も絵もないよ！　こんなの、本って言うの？」

「そうだ、そうだ！　この本、インチキだよ！　シナリさんはだまされて、ただの海草の束《たば》を買ったんだ！」

お母さんがわらいました。

「シナリさんって、おちゃめな方ね。わたしたちをからかったんだわ。海草でできた本だなんて……」

ところが、お父さんがびっくりしたようにたずねました。

「何だって？　海草でできた本？」

そして本をとりあげると、カヌーから身《み》を乗《の》り出して海の水につけたのです。あわてて、クーはさけびました。

「ぬらしちゃだめだよ！　図書館《としょかん》の本なんだから！」

でも海水でぬれた本を見て、クーもお母さんもペッペも、あっとおどろきました。手のひらほどに小さかった海草の束《たば》がみるみる広がって、大きな本に変《か》わったからです。お父さんが、とくいになって言いました。

「ほらね、やっぱりだ！　学校で習《なら》ったことがあるんだよ。一万年前のメロウは、海草でできた本を作っていたという伝説《でんせつ》があるってね。陸地《りくち》に住《す》む人間に知られたくない大事《だいじ》なことは、海草の本に書いて残《のこ》したそうなんだ。海からひきあげると、ちぢんで読めなくなるってわけさ」

表紙《ひょうし》に字が出てきました。なんと、『ゴチャマゼクトンの本』と書いてあります。お母さんが、ためいきをつきました。

「こんなことって、あるかしら……。わたしたちが何をさがしているか、シナリさんにはわかっていたのかしら？」

お父さんが、クラ号《ごう》の帆《ほ》を張《は》りながら、首を横《よこ》にふりました。

「そんなはずはないよ。だって、ぼくらメロウでさえ、今は海草の本の読み方をわすれていて、伝説《でんせつ》でしか知らないんだもの。ぼくだって、いちばん年寄《としよ》りの先生に聞いたくらいで、ほんとうの話だとは思わなかったんだから……。でももう夕方だ。とにかく家に帰って、それからゆっくり読むことにしよう」

西うらの家にもどって、お母さんが冷《れい》とうの魚で夕食の用意《ようい》をしている間も、そして夕食の間も、お父さんは『ゴチャマゼクトンの本』を読んでいて、やがて「ウーン！」とうなりました。

クーとペッペがお父さんのひざに手をかけて、「どうだった？」とせかすと、

14　ダム湖の宝物

台所《だいどころ》で洗《あら》い物《もの》をしていたお母さんも手をとめて、そばへやって来ました。お父さんは、少し青い顔をしています。

お母さんがたずねました。

「何か、わかりました？

よくないこと？」

お父さんが答えました。

「そうだよ。

大変《たいへん》なことが書いてある！」

クーとペッペがそろって言いました。

「何？　何なの？」

「エビとまちがえてゴチャマゼクトンを食べると、魚が毒《どく》の魚に変《か》わって、その毒の魚を食べたメロウが病気《びょうき》になるんだって！　死《し》んだりすることもあるそうだ……」

お母さんとペッペがさわぎました。

「大変《たいへん》じゃない！　早くゴチャマゼクトンを退治《たいじ》しなきゃあ！　どうやって、退治しますの？」

「それはだな……」

つづきを読みながら、お父さんが首をかしげました。

「何だって？　退治できないって、書いてあるぞ……」

「そんな！……」

みんながいっせいにさけぶと、お父さんが言いました。

「ちょっと待《ま》て！　何々《なになに》？　退治できないが、ダム湖《こ》の宝物《たからもの》を使《つか》えば、宝石《ほうせき》を作れるだって？　いったい、どういうことだろう？　ダム湖って、どこのダム湖だろう？」

お母さんがたずねました。

「その本を書いたのは、だれですか？　書いた人の住《す》んでいる場所《ばしょ》がわかれば、どこのダム湖かわかるんじゃありません？」

お父さんは、いちばん最後《さいご》のページを開《ひら》いて言いました。

「この本の著者《ちょしゃ》は、ヤム・パパ……。どこかで、聞いたことのある名前だな？でも、住所《じゅうしょ》は書いていない……」

クーはびっくりしました。

「ヤム・パパって、ガタロウの父ちゃんの名前と同じだね。

それに、ガタロウが言っていたもん。ガタロウの父ちゃんはダム湖《こ》を作って、本物《ほんもの》のお宝《たから》をかくしているって！」

お父さんが、目をパチクリさせました。

「ガタロウのお父さんのヤム・パパ？　パイナップル園の番人をしている、あのおやじが、こんなにくわしい本を書いたって言うのかい？」

お母さんが、お父さんの肩《かた》をおしました。

「とにかく、明日、そのダム湖へ行って、ガタロウのお父さんに確《たし》かめてくださいな」

つぎの朝、潮《しお》が満《み》ちてくると、お父さんはクーのタツノコ号《ごう》でドンドン川をさかのぼり、ヤシの木でできたヤム・パパのダム湖の下まで行きました。もち

14　ダム湖の宝物

ろん、タツノコ号《ごう》の持《も》ち主《ぬし》のクーもいっしょです。

二人がハシゴを上がって小屋《こや》に近づくと、ヤム・パパが立ち上がりました。あわてて、テーブルの上のバスケットのふたをしめます。でも、お父さんもクーもはっきり見てしまったのです、キラキラとまぶしいほどにかがやいている、赤や青の宝石《ほうせき》を！

お父さんが、海草でできた本をさし出して言いました。

「モグリーのシナリさんから、ゴチャマゼクトンの本を借《か》りて読みました。この本を書いたのは、ヤム・パパ、あなたですね？」

ヤム・パパは、どぎまぎしたように言いました。

「何の話ですか？　ぜんぜんわかりませんな。わしは、メロウ海洋《かいよう》会社にやとわれているただの番人で、本を書くような物知《ものし》りではありませんよ」

お父さんは、ヤム・パパの目を見て、おだやかに言いました。

「ヤム・パパさん、いや、ヤム・パパ先生！

何年もかかって、先生がくわしく調《しら》べてくださったおかげで、ぼくにもゴチャマゼクトンのことがわかりました。

14　ダム湖の宝物

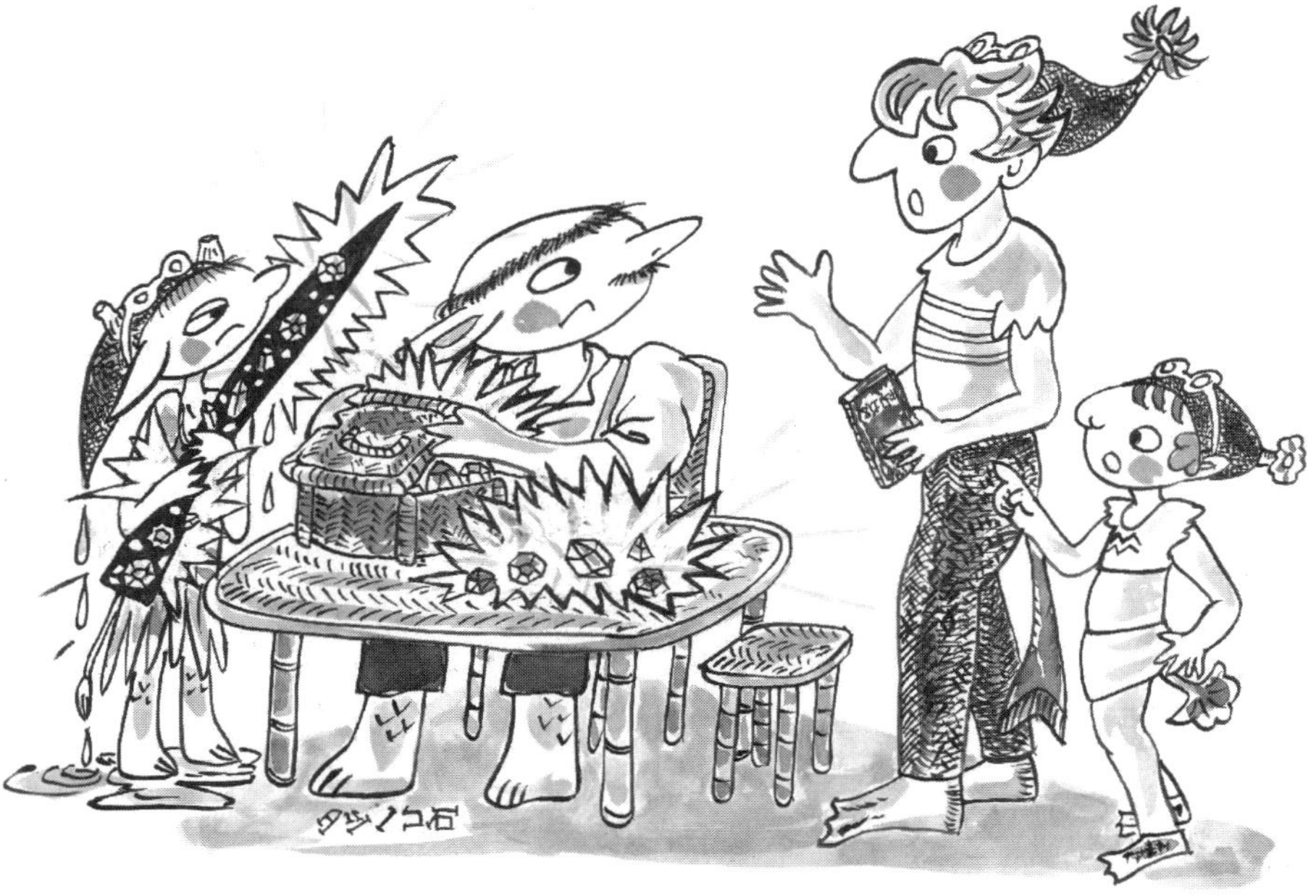

ゴチャマゼクトンをこのまま放《ほう》っておくと、ぼくたちや海の生《い》き物《もの》にとって、とてもおそろしいことが起《お》こるのでしょう？　だから教えていただけませんか。ダム湖《こ》の宝物《たからもの》を使《つか》えば宝石《ほうせき》ができるとは、どういうことなのですか？」

ヤム・パパの後ろのドアが開《あ》いて、ガタロウが入ってきました。両手《りょうて》で、大きな黒い石をかかえています。ナイフのように先がとがったその石には、いくつもの宝石が顔をのぞかせていて、まるで王さまの刀のように光っています。しかも、水からひきあげたばかりのように、びっしょりぬれているではありませんか。

15 タツノコ石

ガタロウが、黒い石をテーブルの上に置《お》いて言いました。

「父ちゃん、もう秘密《ひみつ》にできないよ。このタツノコ石の宝石《ほうせき》をひとりじめにしたら、金持《かねも》ちにはなれるけど、島《しま》に魚がもどって来ない。カンづめや冷《れい》とうの魚ばかり、食べたくない！」

ヤム・パパがためいきをつきました。

「技師《ぎし》のクマラさん、わたしたち親子は、じいさんの時まで、メロウ帽《ぼう》をかぶった海のメロウだったんだ。今、あんたがやろうとしているように、じいさんはタツノコ島の海を耕《たがや》して、海底牧場《かいていぼくじょう》を作っていたのさ。

でも発電所《はつでんしょ》ができて海洋《かいよう》会社が来ると、取《と》れた魚を冷とうできるようになっ

た。じいさんは前ほど働《はたら》かなくてもよくなったので、そのうち海には行かずに、海洋《かいよう》会社にやとわれて、パイナップルやバナナを作るようになったのさ。

　じいさんもわしも、もう海には行かなかった。海にもぐるためのメロウ帽《ぼう》はどこかへなくしてしまったし、パイナップルやバナナを作る山のメロウに、メロウ帽はもういらない」

　ガタロウが口をとがらせました。

「父ちゃんはそうかもしれないけど、ぼくは山の仕事《しごと》がきらいなんだ。プツプツが葉《は》っぱを食べるたびに、やっと大きくなった木が枯《か》れて、実《み》が取《と》れないんだもの」

　ヤム・パパがうなずきました。

「はじめのうちは、プツプツを退治《たいじ》しようと思って、いっしょうけんめいだった。それで調《しら》べたことを所長《しょちょう》のマナナンさんに知らせたのが、あんたの読んだ本だ。

モグリーを怒《おこ》らせるかもしれないと思ったので、メロウしか読み方のわからない海草の紙に書いたのさ。でもマナナンさんは、パイナップルにつく虫の卵《たまご》など気にもしなかった。木が枯《か》れても、つぎつぎに新しい木を植《う》えて、果樹園《かじゅえん》を広げればいいと言ったんだ。

わしの書いた本をいちども読まずに、マナナンさんはシナリさんに売ってしまった。シナリさんは、世《よ》にもめずらしい海草でできた本だと言われて、ひと月分の電気代《でんきだい》とひきかえにしたのさ」

お父さんが、思わずさけびました。

「何てことだ！　マナナン所長もシナリ研究部長《けんきゅうぶちょう》も、こんなに大切《たいせつ》な本を読んでいないなんて！」

クーも、思わずさけびました。

「すごいぐうぜんだね！　シナリさんは、ゴチャマゼクトンの本だと知らないで、ぼくらに貸《か》してくれたんだから！」

15　タツノコ石

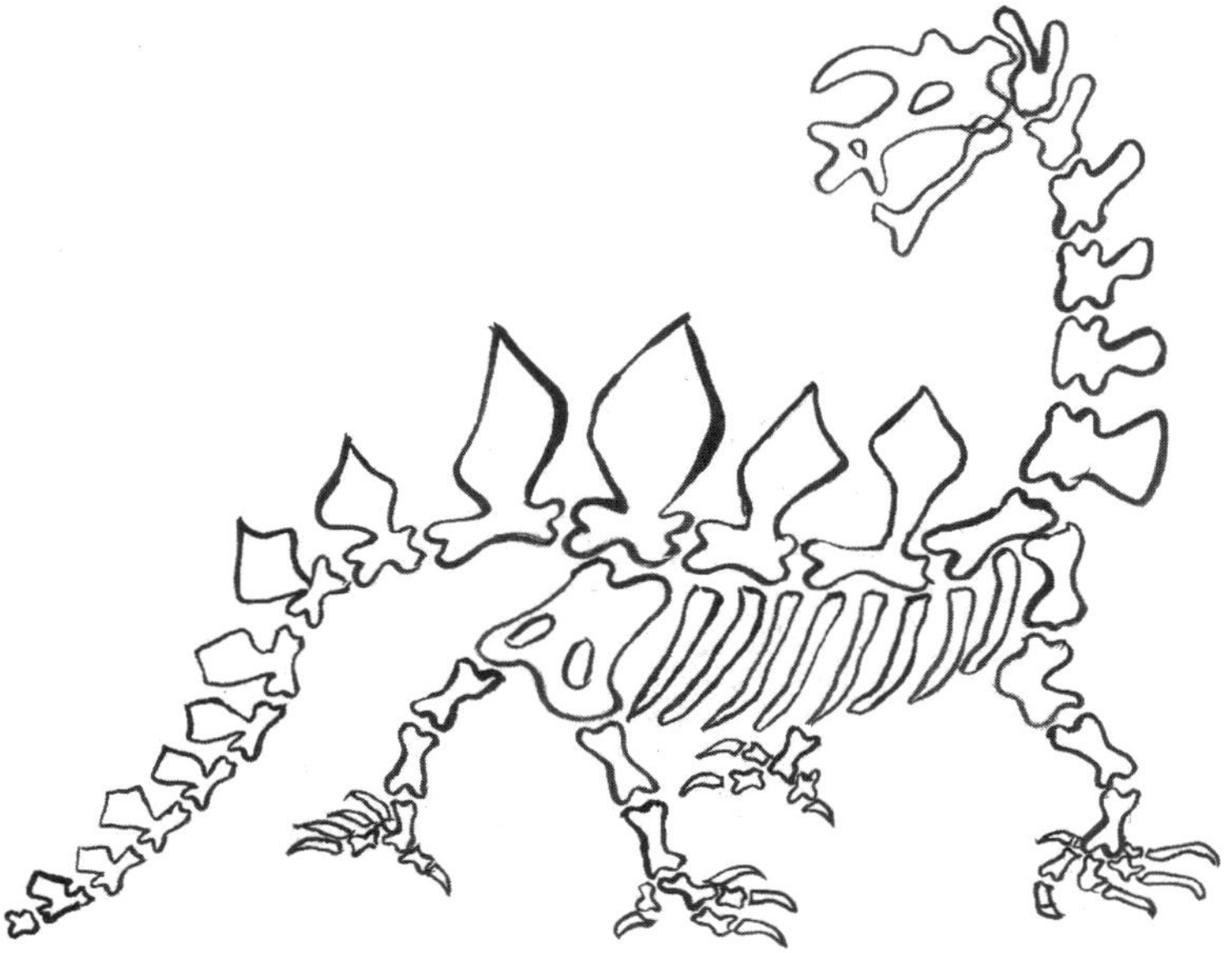

ヤム・パパがわらいました。

「タツノコ島《じま》に魚をもどそうと、海の神《かみ》さまが贈《おく》ってくれたぐうぜんかもしれないな」

お父さんが待《ま》ちきれなくて言いました。

「それより何より、いったい全体《ぜんたい》、その黒い石は何ですか？　あなたが本に書いておられたダム湖《こ》の宝物《たからもの》というのは、その宝石《ほうせき》のことですか？」

ヤム・パパが話しはじめました。

「宝石も宝物にはちがいないが、わしが書いたダム湖の宝物というのは、その黒い石のことだ。その石は、大昔《おおむかし》にこの島に住《す》んでいた竜《りゅう》の骨《ほね》の化石《かせき》で、小さな穴《あな》がたくさん開《あ》いている。あんたたちは、海にいるタツノオトシゴを知っているだろう？　おなかの穴に卵《たまご》を入れて、子育《こそだ》てをする魚だよ。この石はタツノオトシゴのように、いろいろな物《もの》を入れて育て、宝石《ほうせき》に変《か》えることができるんだ」

ガタロウがじまんしました。

「それで、タツノコ石って言うんだよ。ダム湖《こ》にかくしてあるんだ。海のゴミを拾《ひろ》ってモグリーに売るぼくらを、マナナンさんはばかにするけど、値打《ねう》ちを知らない人には、お宝《たから》がゴミに見えるのさ。

父ちゃんは、木を枯《か》らすプツプツまでタツノコ石に入れて、この宝石を作らせたんだぜ。ぼくらは、大金持《おおがねも》ちになるんだ！」

お父さんが感心《かんしん》して言いました。

「そりゃあすごい！

ゴチャマゼクトンもタツノコ石で宝石に変わるわけですね！」

するとヤム・パパが答えました。

「理屈《りくつ》の上ではな。本にはそう書いたが、わしが実験《じっけん》したのはプツプツなんだ。

ゴチャマゼクトンがタツノコ石に入る気になるか、ほんとうはわからんのだよ。だれにだって、家の好《す》ききらいはあるからな。

でも、プップツでいた赤んぼうの時の気持《きも》ちをわすれていなかったら、ゴチャマゼクトンだって気に入るはずだと、考えたわけだ」

お父さんがたのみました。

「ヤム・パパ先生、どうかタツノコ石を、ぼくらに貸《か》してください。タツノコ石に入れて、西うらのゴチャマゼクトンを回収《かいしゅう》しないと、メロウ海洋《かいよう》会社の海《かい》底牧場《ていぼくじょう》を作れないんです」

ヤム・パパが、こわい顔になりました。

「そりゃあ、わしらは海洋会社にやとわれて、じいさんの代《だい》からパイナップル園の番人をしているよ。だけど、なぜ、わしが、海洋会社にタツノコ石を貸さなくてはいけないのかね？　プップツがモグリーの工場から出た卵《たまご》で、パイナップルやバナナの木の葉《は》を食べてゴチャマゼクトンになり、海洋会社の海をよごしていることを、わしはいっしょうけんめい調《しら》べたのに、海洋会社のマナン所長《しょちょう》は読みもしないで、電気代とひきかえにしたじゃないか。モグリーはわしの店のおとくいさまだ。もめごとはごめんだよ」

お父さんは、おそるおそるたずねました。

「では、売ってくれませんか？

マナナン所長《しょちょう》に話して、お金を出してもらいます」

ヤム・パパがわらいました。

「魚も取《と》れない、海洋《かいよう》会社の出張所《しゅっちょうじょ》にそんなお金があるのかい？　あんたは、ここへ来て日が浅《あさ》いから知らないのも無理《むり》はないが、わしがモグリー相手《あいて》に店を始《はじ》めたのは、パイナップル園の番人の給料《きゅうりょう》が少ないからなんだよ」

お父さんのピンチです。クーは思わず言いました。

「じゃあ、モグリーにお金を出してもらおうよ。だってゴチャマゼクトンのはじまりは、モグリーの工場なんでしょう？

お金を出してもらって、連《つ》れて帰ってもらおうよ」

ヤム・パパが目をむきました。

「わからない子どもだな。わしは、モグリーを怒《おこ》らせたくないんだよ！」

するとガタロウが言いました。

15　タツノコ石

「父ちゃんこそ、わからずやだよ。やってみなけりゃわからないだろう？　研究部長《けんきゅうぶちょう》のシナリさんに話そうよ」

お父さんが大きくうなずきました。

「そうだ、ヤム・パパ先生。だめかもしれないけど、とにかくシナリさんに一度《いちど》相談《そうだん》してみましょう。いっしょに行ってくれますね？」

いやがるヤム・パパにトラックを運転《うんてん》してもらって、お父さんがドンドン山のモグリーの工場へ出かけて行くと、残《のこ》ったガタロウが心配《しんぱい》そうに言いました。

「ねえ、クー、シナリさんはタツノコ石のお金を出してくれるかな？　ゴチャマゼクトンの値打《ねう》ちを、わかってくれるかな？」

見えないチョウチョが、モグリーの工場から出てくると言われた時、シナリさんはとても怒《おこ》りました。「工場は、排気《はいき》ガスを作っているのじゃありません。かってに出ていくガスのことなんか、わたしたちの知ったことじゃないわ」と言ったのです。そのシナリさんが、西うらのゴチャマゼクトンのためにお金を出してくれるでしょうか？

でも、こんな時落《お》ちこんでいたってしかたありません。クーはガタロウの肩《かた》をたたきました。

「海の図書館《としょかん》でイルカの星の絵を見た時、お母さんも言ってた。世界《せかい》にあるものは、みんな古い知り合いだって。

知り合いどうし、きっと仲《なか》よくできると思うんだ」

16　海のコンサート

ガタロウを連《つ》れて西うらへもどると、赤や黄色のゴチャマゼクトンが寄《よ》ってきました。この前のギターひきがまじっていて、なれなれしく言いました。

「きみたち、何か楽器《がっき》できないの？　今夜、月もよさそうだし、コンサートを開《ひら》くつもりなんだ。仲間になれよ」

コンサートだって？　ぼくのお父さんをこまらせておいて……と思いましたが、お母さんの話からすれば、こまりもののゴチャマゼクトンだって、古い知り合いのひとつです。知り合いがどんなことをするのか、まずは知っておく必《ひつ》要《よう》があります。クーは言いました。

「ホラ貝のホルンならふけるよ」

「じゃあ、たのむぜ。いちばんはじめは、ゴチャゴチャ・チャチャチャと行こう！」

そんな曲《きょく》、聞いたこともありません。でも、ギターひきが「バリバリ・ベリベリ」とやかましくひきはじまると、ひとりでにクーのからだがソワソワしてきて、ホルンをふきたい気分になりました。ゴチャマゼクトンが、好《す》きかってにギターをひくのなら、そのやり方でホルンをふくのが、仲間《なかま》というものでしょう。

クーはメロウ帽《ぼう》からホラ貝をとり出して、いきなり「ブオーン！」とふき鳴らしました。入り江《え》のゴチャマゼクトンたちが、ざわざわしはじめました。みんな海水浴《かいすいよく》をやめて、浜《はま》へ集《あつ》まりだしたのです。ゴチャマゼクトンたちが、口ぐちに言っています。

「おい、すごい音楽だ！　聞いていると、ジーンとしびれるぜ」

　クーは気持《きも》ちよくなって、ギターのメロディーなんかそっちのけで、好《す》きな音を出しました。

　遠い海鳴りの「ド」……。夕焼《ゆうや》け雲の「レ」、雲からもれる光の「ミ」と、サンゴ礁《しょう》にくだける波《なみ》の「ファ」！

　入り江《え》の深《ふか》みに青い海水は「ソ・ソ」と動《うご》き、さざ波は「ラ・ラ・ラ」と歌います。かたむくお日さま目ざして海からのぼる水蒸気《すいじょうき》は、にぎやかに「ジ・ジ・ジ」の音の大合唱《だいがっしょう》。やがて一日が終《お》わって、水平線《すいへいせん》に落《お》ちるお日さまの真《ま》っ赤《か》な光の汗《あせ》は、「ド・ド・ド」と世界中《せかいじゅう》にあふれるのです。いつのまにか、ギターの音もやんでいました。

　暗《くら》くなってきた浜《はま》には、夜光虫《やこうちゅう》が光りはじめました。波打《なみう》ち際《ぎわ》で、ガタロウが「チャプチャプチャプ」と波音の合いの手をたてています。ゴチャマゼクトンたち

は肩《かた》をよせあって、シーンとしずまりかえっています。

クーは星空を見上げて、ふるさとのナップ島《とう》を思い出しました。ナップ島には、ゴチャマゼクトンはいません。海にペンキの家もないし、真っ白な砂浜《すなはま》は、こことちがって「キュッ、キュッ」と歌います。

それなのにこのタツノコ島《じま》では、見わたすかぎりの浜がゴチャマゼクトンに住《す》みつかれて、歌をわすれているのでした。

クーのホラ貝は、呼《よ》びかけていました。

「いっしょに歌おう、
浜の砂たち！

いっしょにハミングしよう、
サンゴたち！

このホラ貝が聞こえるだろう？

カニたち、魚たち！」

うしろから、歌が起《お》こりました。

ふりむくと、出張所《しゅっちょうじょ》の前にお母さんとペッペとマナナンさんがならんでいて、口ずさんでいたのです。それは、ふるさと「ナップ島《とう》」の歌でした。

「ゆうべ　夜空に　星見れば
ナップよ　わが家　なつかしい
波《なみ》の　音も　海の歌も
呼《よ》ぶよ　わが船　メロウの島《しま》へ」

歌が終《お》わると、浜《はま》にすすり泣《な》きの声がひびきました。ゴチャマゼクトンたちが泣いているのです。ギターひきがさけびました。

「この島のメロウには、家族《かぞく》で住《す》む家や、帰るふるさとがある。でも、ぼくらには家がない！　帰るふるさともない！」

「家がない、家がない」という泣き声が、しだいに高くなりました。心から、ゴチャマゼクトンたちは悲《かな》しんでいたのです。

その時、暗《くら》い浜に声がひびきました。

「そんなことはありません！　あなたたちには、ふるさとがあります。ドンドン山の工場、モグリーの工場へ帰りましょう！」

満月《まんげつ》が東の岬《みさき》から顔を出して、西うらの浜を照《て》らしました。黒い小さな人影《ひとかげ》

16　海のコンサート

が見えて、月の光にうつし出されたのは、モグリーのシナリ研究《けんきゅう》部長《ぶちょう》でした。

シナリさんは、ゴチャマゼクトンたちに手をさし出しました。

「あなたたちをむかえに来たのです。トラックいっぱいに、家を運《はこ》んできましたよ！」

ヤシの林の入り口に、パッとまぶしいライトがついて、トラックが浜《はま》に出て来ました。これはいったいどうしたことでしょう？　トラックの荷台《にだい》が「ガーッ」とせりあがって、黒い石が入り江《え》にころがり落《お》ちました。たくさんのタツノコ石です！

ガタロウが喜《よろこ》んでさけびました。

「ヤッターア！　みんなの家が来たぞ！　タツノコ石の、すてきな家だ！」

「ワーッ」と歓声《かんせい》をあげて、ゴチャマゼクトンたちは、タツノコ石に群《むら》がりました。トラックから、お父さんとヤム・パパが降《お》りてきて、シナリさんとあくしゅしました。

「ぼくの申《もう》し出を受《う》けてくださって、ほんとうにありがとうございました」

シナリさんは、マッチ棒《ぼう》のような鼻《はな》をクリクリ動《うご》かして、はずかしそうに言いました。

「工場から、悪《わる》い排気《はいき》ガスを出してしまったこと、ほんとうにごめんなさい。見えないチョウチョを出さないように、排気口に工夫《くふう》をしました。

ヤム・パパから、モグリー金貨《きんか》でタツノコ石を買うことにしたので、ゴチャマゼクトンを入れて、ドンドン山に連《つ》れて帰ります」

メロウ海洋《かいよう》会社のマナナン所長《しょちょう》が、あきれたように言いました。

「何の役《やく》にもたたないゴチャマゼクトンのために、モグリー金貨を使《つか》うなんて！　モグリー地下開発《かいはつ》会社の大損《おおぞん》になりますぞ！」

シナリさんが言いました。

16　海のコンサート

「今はね。でも、ゴチャマゼクトンでできた損《そん》は、ゴチャマゼクトンでとりもどしてみせますよ。工場の排気《はいき》ガスを宝石《ほうせき》に変《か》えるなんて、とてもすてきな仕事《しごと》だとは思いませんか？」

何も知らないマナナン所長《しょちょう》が、またあきれました。

「やれ、やれ！　モグリーの考えていることは、さっぱりわからんわい」

でも他《ほか》のみんなは、このタツノコ島《じま》にいいことが起《お》こりそうだと感《かん》じていました。そして、ゴチャマゼクトンの入ったタツノコ石を、シナリさんがドンドン山に運《はこ》んでしまうと、西うらの浜《はま》では、砂《すな》が「キュッ、キュッ」と歌うようになりました。

クーはお父さんやお母さん、ペッペといっしょに、海底《かいてい》に植《う》える海草の苗《なえ》を、カヌーに積《つ》みこみました。海底牧場《ぼくじょう》を広げるのです。マナナン所長《しょちょう》も、早起《はやお》きして言いました。

「今度《こんど》連絡船《れんらくせん》が来たら、新しいメロウ帽《ぼう》を買おうと思うんだ。海洋《かいよう》会社の所長たるもの、海底の見回りをいいかげんにはできないからな」

ペッペが、サンゴ礁《しょう》の入り口を指《ゆび》さしました。

「海がはねてる！」

お父さんが手をかざして見て、うれしそうに言いました。

「魚だ！　魚の群《む》れがもどって来た！」

魚たちを追《お》いたてて、三角のヒレが三つ、入り江《え》の海に入ってきました。背《せ》ビレに白いもようのある、シャチのキュルルたちです。

キュルルが海面《かいめん》からはねて言いました。

「この前は、ピクニックのじゃまをしてごめんね！　魚のプレゼント、受《う》け取《と》ってよ！」

16　海のコンサート

古い知り合いの魚たちの姿《すがた》で、西うらの海が急《きゅう》ににぎやかになりました。取《と》れたての魚が食べられます。でもそれより何より、海で働《はたら》けるのが、メロウの家族《かぞく》にはいちばんの贈《おく》り物《もの》！

「いやなもの」があったら、どうしますか?

木村　桂子

この本を読んでくださったあなた、魚のようなしっぽがあったり、モグラのように地面《じめん》の下でくらしていたり、「このお話に出てくる人たちはふしぎな人たちだなあ」と、あなたは思ったでしょうか?

でも世界《せかい》の古いお話の中には、今のわたしたちと少しちがった「人間」がたくさん出てきます。「巨人《きょじん》」だったり「小人《こびと》」だったり、「人魚《にんぎょ》」だったり、虫の「クモ人間」や「アリ人間」だったり……。今までは「うそのお話」だと思われていたのですが、「ひょっとするとそんな人間がいたかもしれない」と、考える学者《がくしゃ》さんが増《ふ》えています。大昔《おおむかし》に地球《ちきゅう》がとても暑《あつ》かった時、すずしい海に入って水にもぐれるようになった「おサル」さんが、わたしたち人間になったと考える学者さんもいるのです。地面の下に大きな町を作っていた人たちの、

あとがき

家を見つけた学者《がくしゃ》さんもいます。ひよっとすると、わたしたちのおじいさんの、そのまたおじいさんの、またまたおじいさんというように数えて何万年も昔《むかし》には、今のわたしたちとは形が少しちがった、「メロウ」や「モグリー」のような人たちがいたかもしれません。

わたしたちの住《す》んでいるこの日本の国は、お話に出てくる「メロウ」たちの「タツノコ島《じま》」のように、海に囲《かこ》まれた「島《しま》」です。「島」の中にある「もの」は、好《す》きなものもいやなものも遠くへ捨《す》てることがむずかしいので、いつまでもそばにあります。もし「いやなもの」があったら、ずっといやな気持《きも》ちでいなくてはなりませんが、そんな時どうしたらよいのでしょう?

このお話に出てくる困《こま》り者《もの》の「ゴチャマゼクトン」は、捨てることも退治《たいじ》することもできませんから、どうすればよいのか、その方法《ほうほう》がおとなにもわかりません。ところが海の子ども「クー」と「ガタロウ」は、魚が取《と》れる海にもどしたいという願《ねが》いを持《も》っていました。そのおかげで、何をすればよいのかを、おとなに教えることができたのです。そして困り者の「ゴチャマゼクトン」が、悲《かな》しんでいることにも気がついたのです。「マナナン」さんのように気がつかないおとなもいますが、「クーのお父さん」や「ヤム・パパ」、モグリーの研究部長《けんきゅうぶちょう》「シナリ」さんのように、話し合ってよい方法《ほうほう》を思いつくおとなもいます。

意地悪《いじわる》、仲間《なかま》はずれ、知らん顔、あなたのまわりに「いやなもの」があったら、あなたはどうしますか？　怒《おこ》る？　泣《な》く？　戦《たたか》う？

でもタツノコ石をじまんして、「ガタロウ」も言ったではありませんか。

「値打《ねう》ちのわからない人には、お宝《たから》がガラクタに見えるのさ」

その「いやなもの」に値打ちがあるかどうか、調《しら》べてみてはどうでしょうか？　調べてみると、「いやなもの」がお宝に変《か》わるかもしれません。

わたしもたくさんの「いやなもの」があって、お父さんやお母さん、友だちや先生から教えてもらったり、本で調べて、「好《す》きなもの」を増《ふ》やしてきました。おとなになってからは、「クー」や「ガタロウ」のような子どもたちからもいっぱい教わりました。このお話には、わたしに値打ちを教えてくれた子どもたちの知恵《ちえ》がつまっています。

子どものみなさん、本当にありがとう！

〈著者紹介〉

木村桂子（きむら　けいこ）

1947年東京生まれ。
大阪大学大学院工学研究科・修士課程修了。
児童文学作家。
「ストーリーテリングお話あそび研究会」代表。
著　書：『泣くな　あほマーク』（ひくまの出版）
『屋根の上のゆうれい』（ひくまの出版）
『ワームホールの夏休み』（評論社）
『昔話のプロファイリング3　幸と福の語り部たち』（慧文社）
『現代昔話集3　近江妖景』（ミヤオビパブリッシング）
訳　書：ピーター・ディッキンソン『時計ネズミの謎』（評論社）
他。

海の子どもと
ゴチャマゼクトン

定価（本体1300円+税）

乱丁・落丁はお取り替えします。

2017年3月30日初版第1刷印刷
2017年4月 5日初版第1刷発行
著　者　木村桂子
発行者　百瀬精一
発行所　鳥影社 (www.choeisha.com)
〒160-0023 東京都新宿区西新宿3-5-12トーカン新宿7F
電話 03(5948)6470, FAX 03(5948)6471
〒392-0012 長野県諏訪市四賀229-1(本社・編集室)
電話 0266(53)2903, FAX 0266(58)6771
印刷・製本　モリモト印刷・高地製本
© KIMURA Keiko 2017 printed in Japan
ISBN978-4-86265-596-7 C8093